FICHES BAC

1re

BAC 2022

Français

VOIES GÉNÉRALE & TECHNO

Hélène Bernard

Agrégée de Lettres modernes
Lycée Albert Camus (Bois-Colombes)

Denise Maréchal

Agrégée de Lettres modernes
Lycée Le Likès – La Salle (Quimper)

Bérangère Touet

Agrégée de Lettres modernes
Lycée Marie Curie (Nogent-sur-Oise)

Sophie Saulnier

Agrégée de Lettres modernes

Swann Spies

Agrégé de Lettres modernes
Lycée François Truffaut (Beauvais)

Laure Warot

Agrégée de Lettres modernes

Hatier

Crédits iconographiques (dépliant) :
I : ph © Archives Hatier
II : ph © Josse/Leemage
III : ph © Josse/Leemage
V : ph © Jemolo/Leemage
VI : ph © Christian Jean/RMN
VII : ph © Selva/Leemage
IX : ph © Dist. RMN/The Trustees of the Wallace Collection
XI : ph © Adam Rzepka/Collection Centre Pompidou, Dist. RMN - © ADAGP, Paris 2015
XII : © Succession Alberto Giacometti (Fondation Alberto et Annette Giacometti, Paris/ ADAGP, Paris 2015)

Maquette de principe : Frédéric Jély
Mise en pages : STDI
Schémas : Nord Compo
Iconographie : Hatier illustration
Édition : Charlotte Davreu, Jessica Alléguède, Sophie Lovera et Anne-Lise Barbanès

PAPIER À BASE DE FIBRES CERTIFIÉES

Hatier s'engage pour l'environnement en réduisant l'empreinte carbone de ses livres. Celle de cet exemplaire est de :
700 g éq. CO_2
Rendez-vous sur www.hatier-durable.fr

ISBN 978-2-401-07812-3

SOMMAIRE

Quand vous avez révisé une fiche, cochez la case ❐ correspondante !

Les objets d'étude et les œuvres au programme 2021-2022

La poésie, du XIXe au XXIe siècle

La littérature d'idées, du XVIe au XVIIIe siècle

Le roman et le récit, du Moyen Âge au XXIe siècle

Le théâtre, du XVIIe siècle au XXIe siècle

La boîte à outils

Maîtriser les outils d'analyse grammaticale et littéraire

Améliorer ses écrits

Être à l’aise à l’oral

Les épreuves écrites et orales du nouveau bac de français

Réussir les épreuves du bac

DÉPLIANT

Une frise chronologique d’histoire littéraire

Le genre poétique

1

☐ OK

La poésie est avant tout un travail sur les mots, sur le langage : est poète celui qui réinvente la langue. Ce faisant, la poésie réinvente le monde : elle nous le donne à voir autrement.

I Réinventer la langue

1 L'usage courant de la langue

- Un mot a une face matérielle, **le signifiant** (ensemble de sons et de lettres), et une face immatérielle qui est dotée d'un sens : **le signifié**.
- Signifié et signifiant sont indissociables l'un de l'autre et renvoient à un objet du monde (**le référent**), qu'il soit concret « la table » ou abstrait « le bien ». Qu'on le nomme « table » ou *tavola*, l'objet table ne change pas. On dit que le mot est **arbitraire** ou **immotivé** : il n'y a pas de lien direct entre le mot et l'objet qu'il désigne.

2 L'usage poétique de la langue

- Le poète Stéphane Mallarmé regrette que les mots de la langue soient si mal assortis à ce qu'ils désignent (leur référent). Ainsi, il considère que les **sonorités des mots** « jour » et « nuit » ne correspondent pas à la réalité qu'ils désignent : alors que le mot « nuit » a un timbre clair, le mot « jour » a un timbre sombre.
- C'est alors à la poésie de « **rémunérer le défaut des langues** » : chercher à ce que les mots arrivent à être plus près des choses. Dans l'usage poétique de la langue, le poète cherche à faire correspondre forme et sens, à **remotiver** les mots.
- « Manier savamment une langue, c'est pratiquer une espèce de *sorcellerie évocatoire.* » Comme l'écrit Baudelaire, c'est donc bien le travail sur la langue qui permet de créer un monde. C'est ce que fait la poésie.

> **À noter**
> Le mot « **poésie** » vient du verbe grec *poiein* qui signifie « faire, créer ». Le poète est celui qui, à l'aide de la matière des mots, crée un monde.

3 Le poète, un être à part ?

- Le poète est souvent pensé comme un être à part, qui a accès à une autre vérité, au-delà du langage de tous les jours.

Le poète « pareil aux prophètes [...] voit, quand les peuples végètent ! », c'est ainsi que Victor Hugo le définit dans un poème intitulé « Fonction du poète » (1829). Plus tard, en 1871, Arthur Rimbaud écrit que « Le Poète se fait voyant par un long, immense et raisonné dérèglement de tous les sens ».

II L'apport des contraintes

On pourrait penser que les nombreuses contraintes de la versification brident l'imagination. Or, comme l'écrit Baudelaire à propos du sonnet « parce que la forme est contraignante, l'idée jaillit plus intense ». On peut, à partir de là, donner quelques caractéristiques de la poésie. ▶ FICHE 4

- L'**intensité**. Les formes sont souvent brèves, l'idée doit se mouler dans le mètre du vers. Cela oblige à chercher l'intensité plutôt que la longueur, ce que permet la métonymie : « la pâle mort » = la mort qui rend pâle.
- La **suggestion**. La poésie n'est pas explicative, elle montre, elle suggère. Pour cela, elle se sert d'images. Toutes les figures de l'analogie sont privilégiées : comparaison, métaphore, allégorie, personnification.
- Les **rapprochements**. Les mots mis à la rime ont du poids, ils sont mis en relation, et cette relation peut créer du sens. Ainsi, il n'est pas anodin de mettre à la rime « tyrannique » et « république » (La Fontaine).
- Les **mises en relief**. Anaphores, parallélisme, chiasmes se jouent des structures du vers. L'alexandrin et sa césure à l'hémistiche peuvent renforcer le poids d'une antithèse : « Qui produit la richesse/en créant la misère. » (Victor Hugo)

À noter

On qualifie d'**art poétique** un poème dans lequel le poète expose sa conception de la poésie et la met en pratique (ex. : Verlaine, « Art poétique »).

L'ESSENTIEL

Le genre poétique

Usage poétique de la langue
- remotiver les mots ; faire correspondre forme et sens

Apport des contraintes de la versification
- intensité
- rapprochements
- suggestion
- mises en relief

La poésie au XIXe siècle

2

☐ OK

Le XIXe siècle révolutionne la poésie de l'âge classique, tant dans son contenu que dans ses formes.

I Trois influences

1 Le romantisme

- Le courant romantique, qui marque l'histoire des idées au cours de la première partie du XIXe siècle, trouve dans la poésie un genre particulièrement adapté à **l'expression des sentiments.**
- Les *Méditations poétiques* d'Alphonse de Lamartine, parues en 1820, sonnent le début de la poésie romantique marquée par le **lyrisme** : l'amour, la fuite du temps, la nature en sont les principaux thèmes.
- Après l'échec des révolutions de 1830 et de 1848, certains poètes se tournent vers une **écriture repliée sur le « je » et ses souffrances**. Ainsi Alfred de Musset écrit : « Faire une perle d'une larme, / Du poète ici-bas voilà la passion ». D'autres prolongent leur **action politique** dans la poésie, comme Victor Hugo avec son recueil *Les Châtiments* (1852).

2 Le Parnasse

Lassés du lyrisme romantique, ainsi que du réalisme et du naturalisme, certains poètes (Théophile Gautier, Leconte de Lisle, José-Maria de Hérédia, Banville, Villiers de l'Isle-Adam) revendiquent une **poésie qui cherche le Beau et non l'utile**. Ils prônent une poésie impersonnelle. La beauté de la forme l'emporte sur le sens. C'est **l'Art pour l'Art**.

3 Le symbolisme

- D'accord avec le Parnasse pour se positionner **contre le naturalisme** qui prétend expliquer mécaniquement l'homme, le symbolisme s'en démarque néanmoins.
- Le sens n'est pas donné d'emblée : il est **suggéré par des images, le symbole**, mystère à déchiffrer dont le poète peut donner les clés ; c'est ce que fait Charles Baudelaire dans les « Correspondances ». D'autres, comme Stéphane Mallarmé s'engagent dans une poésie plus hermétique.

À noter

Il est souvent difficile de réduire un poète à un seul mouvement littéraire ; ainsi, le recueil *Les Fleurs du mal* de Baudelaire relève aussi bien du romantisme, du réalisme que du symbolisme.

- La recherche des **harmonies musicales** (Paul Verlaine) et d'un langage inédit, derrière lequel le « je » s'efface pour **laisser parler le monde** (Arthur Rimbaud), en est aussi une caractéristique.

II L'exploration des formes

1 Reprise de formes anciennes

- Les poètes empruntent à la poésie médiévale et à celle du XVIe siècle **l'ode et la ballade**. Ils sont aussi séduits par la musicalité de la **chanson**. Victor Hugo fait paraître *Odes et ballades* en 1822, Laforgue reprend les rythmes des chansons populaires dans ses *Complaintes*.
- Les poètes n'oublient pas **le sonnet** mais le font évoluer.

2 La libération du vers

- Victor Hugo, chef de file du romantisme, prône la libération du vers : il s'agit de casser la monotone cadence de l'alexandrin par l'utilisation du trimètre romantique et des enjambements.
- **L'alexandrin n'est plus la règle** ; bien souvent les poètes lui préfèrent l'octosyllabe, ou même des vers de trois ou quatre syllabes. Paul Verlaine revendique le **vers impair** : « De la musique avant toute chose, / Et pour cela préfère l'Impair ».
- Aloysius Bertrand (*Gaspard de la nuit,* 1842), innove avec le **poème en prose**. Charles Baudelaire (*Le Spleen de Paris*, 1869) et Arthur Rimbaud (*Illuminations*, 1872-1875) s'y essayent également. Gérard de Nerval (*Les Filles du feu*, 1854) mêle **prose poétique** et poèmes en vers.

Mot clé

Le **trimètre romantique** refuse la césure à l'hémistiche (6//6) :
Je suis banni !/
je suis proscrit !/
je suis funeste ! (Hugo)

L'ESSENTIEL

La poésie au XIXe siècle

Influences
- romantisme (Lamartine, Musset, Hugo)
- Parnasse (Gautier, Villiers de L'Isle-Adam)
- symbolisme (Baudelaire, Mallarmé, Verlaine)

Exploration des formes
- reprise de formes anciennes (Hugo, Laforgue)
- libération du vers (Hugo, Rimbaud, Nerval)

La poésie aux XXe et XXIe siècles

3

☐ OK

Aux XXe et XXIe siècles, les poètes explorent les voies ouvertes par la poésie de la fin du XIXe siècle et multiplient expériences et expérimentations.

I La première moitié du XXe siècle

1 L'esprit nouveau

- Guillaume Apollinaire (*Alcools*, 1912) et Blaise Cendrars (*Du monde entier*, 1912-1924) conservent les grands thèmes de la poésie lyrique, mais introduisent des éléments de la **modernité** : la ville, la « rue industrielle », le quotidien prosaïque.
- Ils recherchent aussi une **écriture nouvelle**, suppriment toute ponctuation, utilisent le vers libre, travaillent les calligrammes. Ils sont fortement **influencés par la peinture** qui connaît elle aussi de grandes évolutions avec les débuts du cubisme. C'est la surprise qui, pour Apollinaire, est le « ressort de la poésie nouvelle ».

2 Le surréalisme

- La poésie est le genre littéraire privilégié du surréalisme. L'amour et l'éloge de la femme sont les thèmes principaux.
- L'acte poétique est conçu comme un **acte révolutionnaire**. Les procédés du **rêve** (association d'idées, images, contradictions, images saugrenues...) sont pris comme modèle de l'écriture.
- La Seconde Guerre mondiale et la Résistance sont propices à la **poésie engagée**. Paul Éluard écrit « Liberté », lancé sous forme de tract par l'aviation britannique. C'est « L'honneur des poètes » (anthologie publiée clandestinement en 1943) que de résister avec leurs armes : les mots. Les poètes Robert Desnos, René Char, s'engagent dans la Résistance.

3 La diversité

La poésie de cette période ne se réduit pas au courant surréaliste, d'autant que de nombreux poètes, comme Louis Aragon (*Les Yeux d'Elsa*, 1942), quittent ce mouvement.

- Valéry et Claudel redonnent un **souffle lyrique** au monde dans de grandes odes ou de longs poèmes. Paul Claudel adopte la forme du verset.
- Jacques Prévert, dans *Paroles* (1945) adopte un **ton plus léger** et une **langue plus populaire** qui se rapproche parfois de la chanson

II De l'après-guerre à aujourd'hui

1 Expérimentations du langage

- L'OuLiPo retrouve la **joie de la forme et des contraintes**. Raymond Queneau publie *Cent mille milliards de poèmes,* 12 sonnets dont les 14 vers découpés peuvent se combiner entre eux.

- Dans la lignée de Guillaume Apollinaire, les poètes travaillent sur l'**aspect visuel**, suppriment la ponctuation, jouent à confondre prose et poésie et adoptent le **poème en prose**.

Mot clé

L'**OuLiPo** (Ouvroir de Littérature Potentielle), né en 1960, explore les potentialités de la littérature par le jeu des contraintes et la recherche de formes nouvelles.

2 Expérimentations du monde et expérimentations intérieures

- Les descriptions attentives des **objets du quotidien**, de l'anodin, sont en même temps un **retour aux réalités du monde** et une réflexion sur ce que peut en dire la poésie (Francis Ponge, *Le Parti pris des choses,* 1942 ; Yves Bonnefoy, *Les Planches courbes,* 2001).

- Aimé Césaire et Léopold Sédar Senghor, hommes politiques et poètes, créent une **poésie de la « négritude »** qui dit l'identité africaine et les malheurs dus à la colonisation.

- Les poètes se livrent aussi à des **explorations intérieures** : Henri Michaux, poète, voyageur et peintre, mêle écriture et dessin sous l'influence de la mescaline ; Bernard Noël mêle expérience intérieure, expérience du corps et prise de position politique dans une écriture dénuée de tout lyrisme.

L'ESSENTIEL

La poésie de la première moitié du XXe siècle →
- modernité (Apollinaire, Cendrars)
- surréalisme (Éluard)
- diversité : lyrisme (Valéry, Claudel), langue populaire (Prévert)

La poésie, de l'après-guerre à aujourd'hui →
- expérimentations du langage : OuLiPo (Queneau)
- expérimentations du monde : (Ponge, Césaire, Senghor)
- expérimentations intérieures : (Michaux)

La versification

4

☐ OK

S'il faut toujours lier analyse du sens et analyse de la forme, c'est encore plus vrai en poésie.

I Formes fixes et formes libres

1 Les formes fixes

Les poèmes à forme fixe reposent sur une division en **vers** et en **strophes**.

• Le vers est reconnaissable graphiquement (retour à la ligne) et auditivement par le retour de la rime qui délimite un **mètre**, défini par le nombre de syllabes du vers. Les plus courants sont **l'octosyllabe, le décasyllabe et l'alexandrin**.

• Les vers sont regroupés en strophes : les plus fréquentes sont le **distique** (2 vers), le **tercet** (3 vers) et le **quatrain** (4 vers).

> **À noter**
> Le [ə] n'est prononcé ni en fin de vers, ni devant une voyelle. Il est prononcé (et compté) quand il précède une consonne ou un *h* aspiré : [muvəmã].

Les formes fixes les plus utilisées jusqu'au XIXe siècle sont :

• la **ballade**, composée de trois strophes et un envoi (une demi-strophe) ;

• l'**ode**, poème lyrique, chanté à l'origine, et alternant trois strophes correspondant à un mouvement de danse ;

• le **sonnet**, constitué de deux quatrains et deux tercets.

2 Les formes libres

À partir du milieu du XIXe siècle, les poètes s'affranchissent des contraintes formelles. Se développent ainsi :

• le **poème en prose**, qui joue sur les sonorités, les rythmes et les images sans s'astreindre aux contraintes du vers ;

• le **calligramme**, dont la disposition des lettres tente de représenter sur l'espace de la page l'objet même qui en est le thème.

II Les jeux sur les sonorités

Dans les poèmes à forme fixe, les vers sont associés deux à deux par des **rimes**. Celles-ci peuvent être **plates** ou suivies (aabb), **embrassées** (abba), ou **croisées** (abab). La rime est dite **pauvre** si un seul phonème est répété, **suffisante** (2 phonèmes), ou **riche** (3 et plus).

- Pour qualifier la répétition d'un son ailleurs qu'à la rime, on parle d'**allitération** (sons consonantiques) ou d'**assonance** (sons vocaliques).
- Selon le mètre, les sons [j], [je], [jœ], [jɛ]... peuvent se prononcer en une seule syllabe (**synérèse** -ion-, -ier-...) ou en deux syllabes (**diérèse** -i-on-, -i-er- ...).

III Le rythme des vers

- La **césure** (//) est la coupe principale du vers. Dans un alexandrin, la césure 6//6 est dite « à l'hémistiche ».
- Les **coupes** (/) sont des rythmes secondaires.

> Dieux d'argent/qui tenaient//des saphirs/dans leurs mains. (Éluard)

3/3//3/3 : il s'agit d'un tétramètre régulier.

- Il arrive que la syntaxe ne s'assujettisse pas au moule du vers, créant un effet de discordance. On distingue trois cas :

• l'**enjambement** : la phrase court sur deux vers :

> Les vibrantes douleurs dans ton cœur plein d'effroi
> Se planteront bientôt comme dans une cible. (Baudelaire)

• le **rejet** : une partie du groupe syntaxique est rejeté dans le vers suivant :

> Trois mille six cent fois par heure, la Seconde
> Chuchote : souviens-toi !-[...] (Baudelaire)

• le **contre-rejet** : la partie brève est en fin de vers et la suite du groupe syntaxique est dans le vers suivant :

> Les minutes, mortel folâtre, sont des gangues
> Qu'il ne faut pas lâcher sans en extraire l'or ! (Baudelaire)

L'ESSENTIEL

La versification

Formes
- fixes : ballade, ode, sonnet...
- libres : poème en prose, calligramme...

Jeux sur les sonorités
- rimes plates, embrassées, croisées
- allitération, assonance

Rythme des vers
- césure, coupes
- discordance : enjambement, rejet, contre-rejet

Analyser un poème

5

☐ OK

Un poème est une forme souvent brève et parfois déroutante. Comment procéder pour l'appréhender ?

I Identifier les caractéristiques du poème

Même si l'analyse d'un poème ne peut se réduire à l'étude de sa forme, il est nécessaire de commencer par repérer les caractéristiques formelles.

- Comment s'inscrit le **poème sur le blanc de la page** ? A-t-il une forme ramassée, allongée ? Est-ce en relation avec son sens ? Veut-il mimer le thème dont il parle, comme un calligramme par exemple ?
- Quel est le **système de strophes** ? Peut-on reconnaître une forme fixe ? Si oui, le poète respecte-il les règles ou les retravaille-t-il à sa manière ?
- Quel est le **type de rimes** (plates, embrassées, croisées) ? Y a-t-il une alternance dans le choix des rimes ? Au contraire, le poème est-il tout en rimes suivies, par exemple ?
- Quel est le **mètre employé** (octosyllabes, décasyllabes, alexandrins…) ?

Conseil

Pour analyser un **sonnet**, rappelez-vous que les quatrains ont un contenu plus abstrait que les tercets, dont le rôle est illustratif. Le dernier vers (la chute) peut donner la clé du poème.

Toutes ces caractéristiques vous permettent-elles de reconnaître l'**influence d'un courant littéraire** auquel le poète appartiendrait ou duquel il se démarquerait ? Faites appel à vos connaissances et aux informations données par le paratexte.

II Cerner le propos du poète

1 L'énonciation et les thématiques

Le poème est-il à la première personne ? Est-il **adressé à quelqu'un** (la femme aimée, le lecteur, une allégorie…) ? Est-il situé dans le temps et dans l'espace ?

On retrouve, à travers l'histoire de la poésie, des **grandes thématiques** comme l'amour (rencontre amoureuse, coup de foudre), le passage du temps, le deuil, la beauté, la poésie elle-même. Mais n'oubliez pas que tout est permis à l'écriture poétique, il n'y a pas de thème interdit . laissez parler le texte et laissez vous surprendre.

2 Les tonalités

- La poésie est généralement associée au lyrisme, qu'il soit expression du bonheur ou du malheur (dans ce cas on parle de lyrisme élégiaque). Mais il peut être aussi épique, didactique, satirique, burlesque. ▶ FICHE 57

> **À noter**
> Si le **poème lyrique** célèbre la beauté de la nature, il peut aussi célébrer la beauté de la ville, son mouvement, son bruit, ses couleurs (ex. : « Zone » d'Apollinaire).

- Le poème défend-il une cause, une opinion ? S'inscrit-il dans un débat d'idées ? Incite-t-il à l'action comme les poèmes de la Résistance, par exemple ? On parle alors de poésie engagée.

III Affiner la lecture

1 Musicalité

- Une fois repéré le type de rimes, on doit regarder quels mots elles servent à mettre en écho. Cet écho provoque-t-il la surprise ?
- Il faut être attentif à tous les jeux d'allitérations et d'assonances qui tendent à mimer ce dont le poème parle. ▶ FICHE 4
- Pour l'analyse des poèmes en prose, il faut mettre en évidence les rimes internes, les alexandrins cachés, etc., tout ce qui relève de la musicalité poétique.

> **À noter**
> Le **vers libre** est un vers libéré de la régularité du mètre, des césures et des coupes. Il remplace souvent les rimes par des assonances.

2 Images et jeux sur le sens

- En tant qu'art du langage, la poésie en utilise toutes les possibilités. Il est nécessaire d'analyser les images, métaphores, analogies, comparaisons et d'en exploiter le sens, voire la multiplicité des sens.
- Les images peuvent aussi être suggérées par le jeu des connotations, par la description d'une atmosphère : le lecteur semble percevoir ce que décrit le poème.
- Un poème possède souvent plusieurs sens : soyez particulièrement attentif à la polysémie des mots pour comprendre toutes les dimensions du poème.

> Nos pieds glissaient d'un pur et large mouvement. (Verlaine)

[« pied » renvoie à la fois à la partie du corps et à l'ancienne unité de mesure du mètre poétique : ce qui semblait le récit d'une anecdote devient ainsi un poème sur la poésie]

Quiz EXPRESS 6

Avez-vous bien révisé les fiches 1 à 5 ? On vérifie !

La poésie

1 Les caractéristiques de la poésie

FICHE 1

Cochez la bonne réponse.	Vrai	Faux
a. Les contraintes de la versification sont un obstacle à la créativité poétique.	☐	☐
b. La poésie est un art de la suggestion.	☐	☐
c. Le poète est un voyant.	☐	☐
d. L'« art poétique » désigne l'habilité d'un poète à manier la versification.	☐	☐

2 La poésie au XIXe siècle

FICHE 2

Reliez chaque poète au courant auquel il appartient.

a. Théophile Gautier •	• romantisme
b. Victor Hugo •	• Parnasse
c. Paul Verlaine •	• symbolisme
d. Charles Baudelaire •	

3 Connaître les règles de la versification

FICHE 4

Dans les vers ci-dessous, que reconnaissez-vous ?

- ☐ a. un rejet
- ☐ b. un trimètre romantique
- ☐ c. des rimes suivies
- ☐ d. une diérèse
- ☐ e. des assonances
- ☐ f. des alexandrins

Le pré est vénéneux mais joli en automne
Les vaches y paissant
Lentement s'empoisonnent
Le colchique couleur de cerne et de lilas
Y fleurit tes yeux sont comme cette fleur-la
Violâtres comme leur cerne et comme cet automne
Et ma vie pour tes yeux lentement s'empoisonne

Guillaume Apollinaire, « Les Colchiques », *Alcools*, 1913.

CORRIGÉS

1 Les caractéristiques de la poésie

a. **Faux**. Baudelaire pense au contraire que « parce que la forme est contraignante, l'idée jaillit plus intense ».

b. **Vrai**. La poésie montre et suggère au lieu d'expliquer.

c. **Vrai**. Arthur Rimbaud écrit que « Le Poète se fait voyant par un long, immense et raisonné dérèglement de tous les sens ».

Citation

« De la musique avant toute chose, / Et pour cela préfère l'Impair » écrit Verlaine dans « Art poétique » composé de vers de 11 syllabes.

d. **Faux.** L'art poétique est un poème dans lequel le poète expose sa conception de la poésie et la met en pratique.

2 La poésie au XIXe siècle

a. Théophile Gautier – Parnasse

b. Victor Hugo – romantisme

c. Paul Verlaine – symbolisme

d. Charles Baudelaire – symbolisme

3 Connaître les règles de la versification

- **Réponse a.** « Y fleurit » est mis en rejet dans le vers 5.
- **Réponse c.** La disposition des rimes semble irrégulière mais on trouve des rimes suivies dans les quatre derniers vers (lilas / fleurs-là ; automne / empoisonnent).
- **Réponse e.** La répétition de mêmes termes amplifie l'effet d'assonances, par exemple les assonances en /en/ (lentement s'empoisonnent).
- **Réponse f.** Le poème est en effet en alexandrins, puisque les vers 2 et 3 forment un alexandrin, ce qui est confirmé par la rime automne / s'empoisonnent.

Hugo, *Les Contemplations*, livres I à IV

Parcours : « Les Mémoires d'une âme »

7

☐ OK

L'autobiographie se définit comme un récit rétrospectif en prose qu'une personne réelle fait de sa propre existence. Pourtant, c'est dans un recueil de poèmes que Hugo rappelle les souvenirs et les impressions de sa destinée.

I Connaître l'œuvre

1 L'auteur et le contexte

- Victor Hugo (1802-1885) a traversé les nombreux bouleversements de l'histoire de son siècle. Comme les romantiques, il est marqué par la chute de Napoléon Ier, il s'engage dans l'action politique et finit par s'opposer à Napoléon III, ce qui le conduit à l'exil.
- Il est l'auteur d'œuvres variées – romans (*Les Misérables*), pièces de théâtre (*Ruy Blas*) et recueils poétiques (*Les Contemplations*) – qui apportent un souffle nouveau à la littérature de son époque.

2 Composition et tonalité du recueil

- *Les Contemplations* (1856) sont composées de deux volumes : *Autrefois et Aujourd'hui*. Hugo écrit qu'« un abîme les sépare, le tombeau ». En effet, si *Autrefois* couvre les années 1830-1843, *Aujourd'hui* s'ouvre le 4 septembre 1843, date de la mort de sa fille Léopoldine.
- Les deux volumes sont composés chacun de trois parties dont les titres suivent l'itinéraire intellectuel du poète : I. Aurore, II. L'âme en fleur, III. Les luttes et les rêves, IV. *Pauca meae* (« quelques mots pour ma fille »), V. En marche, VI. Au bord de l'infini.
- La plupart des poèmes sont écrits entre 1841 et 1856, ce qui donne aux quatre premiers livres une tonalité nostalgique marquée par les souvenirs des jours heureux, et assombrie par le deuil.

II Comprendre le parcours

1 Une temporalité subjective et éclatée

- Si Hugo revendique le caractère autobiographique des *Contemplations*, le sous-titre « Mémoires d'une âme » suggère qu'il s'agit non pas de la narration des événements d'une vie mais d'une âme qui se souvient de ses états intérieurs.

- Bien que datés, les poèmes ne se présentent pas toujours dans l'ordre chronologique. En outre, les dates sont souvent fictives. Le recueil suit donc plutôt **l'ordre des sentiments** que l'ordre du temps de l'écriture ou des événements.
- Ce trouble dans la linéarité temporelle est accentué par le choix de la poésie qui conduit au **discontinu** : chaque pièce vaut pour elle-même et a sa propre thématique. Le recueil devient un **kaléidoscope** des reflets des états d'âme du poète.

2 Un miroir tendu au lecteur : « Ah, insensé, qui crois que je ne suis pas toi. »

- Si Rousseau, dans ses *Confessions*, justifie son projet autobiographique en clamant sa différence, le projet de Hugo est tout autre : *Homo sum*, écrit-il, « je suis un homme » comme les autres. Tout homme pourra ainsi contempler sa propre destinée dans celle de Hugo.
- Au seuil des *Fleurs du mal*, **Charles Baudelaire** apostrophe son lecteur « Hypocrite lecteur, – mon semblable –, mon frère ! ». « Je est un autre » écrira **Rimbaud** un peu plus tard. Pour Hugo, le « je » lyrique est semblable et différent car le « poète écoute en lui-même une lyre » (*Contemplations* I, 2) : le poète est seul capable de **parler le langage de l'âme**.

Citation

« Je veux montrer à mes semblables un homme dans toute la vérité de la nature ; et cet homme, ce sera moi. Moi seul. [...] Je ne suis fait comme aucun de ceux que j'ai vus ; j'ose croire n'être fait comme aucun de ceux qui existent. »
(Rousseau, *Les Confessions*)

L'ESSENTIEL

Les Contemplations, I à IV, Hugo (1856)

- **Mouvement :** romantisme
- **Structure :** deux volumes « Autrefois » et « Aujourd'hui », composés chacun de trois livres
- **Thèmes :** la jeunesse, l'amour, la misère du monde, le deuil, la nature, le poète et la poésie, la vie simple

Baudelaire, *Les Fleurs du mal*

Parcours : Alchimie poétique : la boue et l'or

8

☐ OK

Baudelaire se réclame de l'alchimiste dont le rêve est de transmuter le fer en or. Comment la poésie lui permet-elle de réussir là où la chimie échoue ?

I Connaître l'œuvre

1 L'auteur et le contexte

- Charles Baudelaire (1821-1867), orphelin de père, refuse de suivre la carrière diplomatique qui lui est proposée, et n'a qu'un désir : être écrivain. Il fait figure de **poète maudit** par la vie qu'il mène et par son recueil poétique, *Les Fleurs du mal,* qui lui valent un procès à leur parution en 1857.
- Il est aussi l'auteur de poèmes en prose : *Le Spleen de Paris* (1869). Ses *Curiosités esthétiques* (1860) font de lui un critique d'art et le premier **théoricien de la Modernité**. Traducteur de Poe, il trouve en lui un « destin jumeau ».
- Baudelaire est au croisement de plusieurs mouvements littéraires : s'il dédicace son poème « Le Cygne » au poète romantique **Hugo**, c'est au Parnassien **Théophile Gautier**, qu'il dédie son recueil. Certains de ses poèmes relèvent d'une **veine réaliste**, tandis que « Correspondances » le pose comme **précurseur du symbolisme**.

2 Composition du recueil

- *Les Fleurs du mal* rassemble 136 poèmes, répartis dans **six sections** : « Spleen et idéal » (85 poèmes), « Tableaux parisiens » (18), « Le Vin » (5), « Fleurs du mal » (9), « Révolte » (3), « La Mort » (6).
- La composition du recueil a été longuement mûrie. Entre l'édition de 1857 et celle de 1861, l'ordre des sections change, mais « Spleen et Idéal » reste en ouverture et « La Mort » en clôture. On peut y voir l'histoire d'un **itinéraire**.
- Une autre manière d'étudier la composition du recueil est d'observer **l'alternance du Spleen et de l'Idéal**, ou d'y retrouver des **cycles** correspondant aux femmes qui ont marqué sa vie (Jeanne Duval, Mme Sabatier, Marie Daubrun).

> **À noter**
> Les poèmes du **Spleen** expriment le désespoir et la sensation d'écrasement, tandis que ceux de l'Idéal expriment le bonheur et la sensation d'élévation.

II Comprendre le parcours

1 La poésie comme alchimie

- L'alchimie est au principe de tout langage qui transforme la matière en mots et en sons. Ce pouvoir est démultiplié par la poésie. C'est ainsi que Baudelaire peut écrire dans *L'Art romantique* :

> Manier savamment une langue, c'est pratiquer une espèce de sorcellerie évocatoire. Baudelaire, *L'Art romantique*, 1868.

- Penser la poésie comme alchimie ne se réduit pas à dire qu'elle permet de rendre le réel plus poétique ; elle le transfigure dans un jeu d'images qui induisent des correspondances et jouent avec les symboles.
- C'est en ce sens que Rimbaud, dans son poème en prose, « Alchimie du verbe », affirme que le poète doit « inventer un verbe poétique accessible, un jour ou l'autre, à tous les sens », au risque de l'hallucination et de la folie.

2 La boue et l'or, l'alliance des contraires

> Ô vous, soyez témoins que j'ai fait mon devoir
> Comme un parfait chimiste et comme une âme sainte.
> Car j'ai de chaque chose extrait la quintessence,
> Tu m'as donné ta boue et j'en ai fait de l'or.
> Baudelaire, « Ébauche d'un épilogue pour la 2e édition des *Fleurs du mal* ».

- Baudelaire dépasse le romantisme de Musset qui prétend « faire d'une larme une perle ». Il ne s'agit pas seulement de bien manier la rime, « ce bijou d'un sou / Qui sonne creux et faux sous la lime » (Verlaine, « Art poétique »).
- La poésie de Baudelaire est violente : pour transformer la boue en or, il faut la dire dans toute son horreur, et chanter la beauté du laid. Comme le titre du recueil l'annonce, un des secrets de l'alchimie poétique est l'alliance des contraires.

L'ESSENTIEL

Les Fleurs du mal, Baudelaire (1857)

- **Mouvement :** romantisme, symbolisme
- **Structure :** six sections
- **Thèmes :** le Spleen, l'Idéal, la beauté, la mort, le temps, les villes, les femmes, le vin, le voyage, la révolte, la débauche

Apollinaire, *Alcools*

Parcours : Modernité poétique ?

9

☐ OK

Au début du XXe siècle, la poésie, comme la peinture, connaissent de profonds bouleversements. Guillaume Apollinaire s'enthousiasme pour les peintres cubistes et cherche dans sa poésie à effectuer la même révolution.

I Connaître l'œuvre

1 L'auteur et le contexte

- Guillaume Apollinaire se trouve au cœur de la vie intellectuelle et artistique du début du XXe siècle. Il est surtout connu pour son recueil, *Alcools* (1913), pour ses *Calligrammes* (1918) et pour ses *Poèmes à Lou* écrits depuis le front pendant la Première Guerre mondiale.
- Proche des peintres cubistes, il a également publié *Méditations esthétiques* (1913), manifeste pour la peinture cubiste.
- En 1917, il crée le néologisme « surréalisme » pour signifier que créer n'est pas imiter la nature.
- Il est, un moment, proche du « futurisme », mouvement pictural italien qui prône la vitesse. Enfin, dans *L'Esprit nouveau et les Poètes* (1917), il explicite sa conception d'une poésie nouvelle, dont le ressort est la surprise.

> J'ai pensé qu'il fallait revenir à la nature même, mais sans l'imiter à la manière des photographes. Quand l'homme a voulu imiter la marche, il a créé la roue qui ne ressemble pas à une jambe. Il a fait ainsi du surréalisme sans le savoir.
>
> Apollinaire, *Les Mamelles de Tirésias*, préface.

2 Composition et thèmes du recueil

- *Alcools* rassemble une cinquantaine de poèmes, écrits entre 1898 et 1913. L'ordre n'est ni chronologique, ni thématique. Le poète privilégie un système d'échos (le premier et le dernier poème se répondent) et d'alternance entre pièces longues et pièces courtes (le monostiche « Chantre », suit « Palais », composé de onze quatrains).
- Le poème d'ouverture, « Zone », écrit en 1913, a fonction de manifeste par le choix du vers libre, la forme longue, narrative, la coexistence du présent et du passé.
- Apollinaire affirme que chaque poème renvoie à des éléments de sa vie, à des événements tristes ou gais, alternant mélancolie et fantaisie.

II La modernité poétique

1 Entre tradition et modernité

- Le passage entre le XIXe et le XXe siècle est une période d'innovations technologiques : électricité, automobile, tour Eiffel, métro, etc. Les éléments du monde moderne deviennent des objets poétiques.

- Pour dire ces réalités nouvelles, Apollinaire, comme Cendrars, travaillent sur la forme : absence de ponctuation, vers libres, poésie visuelle qui tient compte de l'espace de la page et qui trouvera son aboutissement dans les *Calligrammes.*

- Mais la modernité ne signifie pas le rejet du passé et des formes anciennes. Au contraire, le vers libre côtoie des formes plus classiques. De même, les thématiques mêlent références antiques ou bibliques aux tramways et aux rails.

> **Citation**
>
> « Mais nos pieds ne se détachent qu'en vain du sol qui contient les morts. » (Apollinaire, *Les Méditations esthétiques.)*

2 Un nouveau lyrisme

- Apollinaire se dit « en quête d'un lyrisme neuf et humaniste en même temps » (Lettre à Toussaint-Luca, 1908). Dans *L'Esprit nouveau et les Poètes*, il affirme que « les poètes modernes sont [...] des créateurs, des inventeurs et des prophètes. »

- Ce nouveau lyrisme est souvent celui d'un « je » composite, à la manière des portraits cubistes qui donnent à voir plusieurs facettes d'un personnage en même temps. Il est aussi polyphonique, comme dans « Cortège » dans lequel le poète à la recherche de lui-même « connaî[t] les autres » et nous fait entendre leurs voix.

L'ESSENTIEL

Alcools, Apollinaire (1913)

- **Mouvement :** « l'esprit nouveau »
- **Structure :** système d'échos thématiques, alternance de poèmes longs et de poèmes courts
- **Thèmes :** la fuite du temps, l'amour (malheureux), l'automne, la ville industrielle, la modernité, la religion, les exilés, la mythologie et les légendes

Quiz EXPRESS 10

Avez-vous bien révisé les fiches 7 à 9 ? On vérifie !

Les recueils de poésie au programme

1 *Les Contemplations* de Victor Hugo

▶ FICHE 7

Cochez les affirmations correctes.

☐ **a.** *Les Contemplations* est un ensemble de poèmes lyriques sur la nature.

☐ **b.** Ce recueil a une dimension autobiographique.

☐ **c.** Hugo y évoque le souvenir de sa fille Léopoldine.

☐ **d.** Hugo y donne sa conception de la poésie.

2 *Les Fleurs du mal* de Charles Baudelaire

▶ FICHE 8

1. Cochez le(s) affirmation(s) vraie(s).

☐ **a.** *Les Fleurs du mal* a connu un grand succès dès sa parution.

☐ **b.** Tous les poèmes des *Fleurs du mal* sont des sonnets.

☐ **c.** Pour l'époque, ces poèmes sont très nouveaux par leur forme.

2. « Tu m'as donné de la boue et j'en ai fait de l'or » signifie :

☐ **a.** que le poète doit cacher la laideur et ne dire que le beau.

☐ **b.** que la poésie peut dire l'horrible et en extraire la beauté.

☐ **c.** que la poésie peut tout rendre beau.

3 *Alcools* de Guillaume Apollinaire

▶ FICHE 9

Reliez le titre du poème au thème qu'il traite.

a. « Zone »	•	•	l'automne
b. « Le pont Mirabeau »	•	•	la modernité
c. « Nuit rhénane »	•	•	la fuite du temps
d. « Les colchiques »	•	•	l'amour et la mort
e. « La Loreley »	•	•	l'ivresse

CORRIGÉS

1 *Les Contemplations* de Victor Hugo

Réponses b, c et d.
Comme l'indique le sous-titre, « Mémoires d'une âme », *Les Contemplations* est un recueil très personnel, dans lequel Victor Hugo consacre de nombreux poèmes à sa famille et particulièrement à sa fille, Léopoldine. Il y exprime ses sentiments mais il y défend aussi sa conception de la poésie et de la fonction du poète.

2 *Les Fleurs du mal* de Charles Baudelaire

1. **Réponse c : Vraie.**

Réponse a : Faux.
Dès sa parution, le recueil a donné lieu à un procès pour outrage aux bonnes mœurs.

Réponse b : Faux.
Si le recueil comporte un grand nombre de sonnets, ce n'est pas la seule forme travaillée par Baudelaire.

> **À noter**
> On retrouve l'attirance pour le macabre et pour la provocation dans *Les Chants de Maldoror* de Lautréamont (1869).

2. **Réponse b.**
Il ne s'agit pas de cacher la laideur sous une jolie apparence, mais bien de montrer la beauté du mal, comme Baudelaire le précise dans un projet de préface : « Il m'a paru plaisant, et d'autant plus agréable que la tâche était plus difficile, d'extraire la Beauté du mal. »

3 *Alcools* de Guillaume Apollinaire

a. « Zone » → la modernité

b. « Le pont Mirabeau » → la fuite du temps

c. « Nuit rhénane » → l'ivresse

d. « Les colchiques » → l'automne

e. « La Loreley » → l'amour et la mort

*FLASH*CARDS

11

Mémorisez les idées clés des fiches 7 à 9

Les recueils de poésie au programme

1

En quoi la vie de Victor Hugo a-t-elle été marquée par son engagement politique ?

▶ FICHE 7

2

Que signifie le sous-titre « Mémoires d'une âme » ?

▶ FICHE 7

3

Comment Victor Hugo s'adresse-t-il à son lecteur ?

▶ FICHE 7

4

Quelle figure de style est présente dans le titre *Les Fleurs du mal* ?

▶ FICHE 8

5

Que signifie l'expression « Alchimie poétique : la boue et l'or » ?

▶ FICHE 8

6

Comment est organisé le recueil *Alcools* ?

▶ FICHE 9

7

Qu'est-ce que la modernité poétique pour Apollinaire ?

▶ FICHE 9

8

Quelle relation Apollinaire entretient-il avec les peintres de son époque ?

▶ FICHE 9

RÉPONSES

Efforcez-vous de répondre aux questions par vous-même avant de consulter les réponses, puis révisez régulièrement pour bien mémoriser.

1

Victor Hugo a été marqué par la chute de Napoléon, et s'est **engagé** dans l'action politique. Son opposition à Napoléon III a provoqué son exil.

2

Le sous-titre « **Mémoires d'une âme** » signifie que les *Contemplations* ne sont pas la narration d'une vie, mais d'une âme qui se souvient de ses états antérieurs.

3

Victor Hugo se présente comme le **double poétique** de son lecteur. Il l'invite à se reconnaître en lui.

4

La figure présente dans le titre *Les Fleurs du mal* est un **oxymore** : il allie deux éléments de sens contradictoire, « fleurs » et « mal ».

5

L'expression « **Alchimie poétique** » signifie que le poète transforme la **boue en or**, c'est-à-dire qu'il chante la beauté du laid pour en faire du beau, il allie les contraires.

6

Alcools alterne les poèmes longs et les poèmes courts ; les poèmes se répondent dans un système d'écho.

7

Pour Apollinaire, la **modernité poétique** est l'alliance des formes libres et des formes classiques, l'alliance des thèmes antiques, bibliques, et modernes.

8

Apollinaire prend position pour les **peintres cubistes** et sa poésie est influencée par leurs procédés.

Qu'est-ce que la littérature d'idées ?

12

☐ OK

La littérature d'idées se définit comme l'ensemble des textes qui ne relèvent ni de la poésie, ni de la fiction narrative ou dramatique. Plus largement, la littérature d'idées désigne tout écrit dans lequel les ressources de la littérature sont au service de l'argumentation.

I L'argumentation directe

L'auteur défend en son nom un point de vue.

1 Les textes à visée philosophique

- L'essai : il se présente comme un texte hybride, sans ordre apparent, embrassant avec subjectivité divers sujets. Ex. : *Essais* de Montaigne.
- Le traité : réflexion sur un sujet circonscrit, il vise l'exhaustivité.
- Le discours : mise en forme écrite de la pensée, il traite une question de manière ordonnée, suivant les règles de l'art oratoire. Ex. : *Discours sur l'origine et les fondements de l'inégalité parmi les hommes* de Rousseau.
- Le dialogue : hérité de Platon, il permet la confrontation des points de vue sous la forme d'une conversation.
Ex. : *Le Neveu de Rameau* de Diderot.

À noter

L'**art oratoire**, né dans l'Antiquité, impose de distinguer l'invention (recherche des arguments), la disposition (agencement de ces arguments), l'élocution (mise en forme stylistique).

- La maxime : énoncé bref, elle exprime une pensée de manière incisive. Ex. : *Maximes et réflexions diverses* de La Rochefoucauld.

2 Les textes à dimension polémique

- Le pamphlet : sous-genre qui relève du discours épidictique, il verse couramment dans le blâme ou la satire.
- Le portrait : lié à l'esthétique de la conversation, il fait l'éloge ou le blâme d'une personne à travers une prose travaillée. Il se déploie aussi dans les oraisons funèbres et les mémoires.
- La lettre ouverte : écrit public, elle se prête à l'expression d'un débat et appelle parfois une réponse. Ex. : « J'accuse » de Zola.

3 Les textes à ambition esthétique

- Le manifeste littéraire : il constitue une déclaration par laquelle une personne ou un groupe présente ses conceptions esthétiques.
- La correspondance d'écrivains : destinée ou non à être publiée, elle offre un témoignage vivant sur la conception de la littérature des épistoliers.

II L'argumentation indirecte

1 L'apologue

> **À noter**
> Du grec *apologos*, « récit détaillé », le mot **apologue** désigne un court récit allégorique qui renferme un enseignement.

- La fable : ce court récit de fiction illustre une morale par l'intermédiaire d'animaux ou d'humains.
- Le conte : merveilleux ou philosophique, il raconte une histoire qui illustre un précepte de sagesse.
- L'utopie : elle décrit une société idéale dont l'organisation est une critique indirecte de la société contemporaine de l'auteur.

2 Dans les genres narratif, dramatique et lyrique

- Le roman : « à thèse » ou non, on peut considérer que derrière la fiction qu'il élabore, il est porteur d'idées sur le monde réel. Les paroles rapportées des personnages, leur portrait ou les commentaires du narrateur peuvent avoir une dimension argumentative.
- Le théâtre : le dialogue constitue un lieu possible d'affrontement de points de vue ; le monologue, lorsqu'il se fait délibératif, peut offrir l'occasion d'une mise en balance d'arguments.
- La poésie : engagée ou lyrique, elle voit le sujet de l'énonciation prendre position, répondre aux attaques, dénoncer les torts.

L'ESSENTIEL

L'argumentation directe →
- visée philosophique : essai, traité, discours, dialogue, maxime
- dimension polémique : pamphlet, portrait, lettre ouverte
- ambition esthétique : manifeste littéraire, correspondance d'écrivain

L'argumentation indirecte →
- apologue : fable, conte, utopie
- genres narratif, dramatique, lyrique

La littérature d'idées aux XVIe et XVIIe siècles

13

OK

À la fin du Moyen Âge, l'humanisme voit s'épanouir une littérature d'idées en prise avec son époque. Au XVIIe siècle, l'instauration de l'absolutisme, sous le règne de Louis XIV, accompagne la fondation de nouvelles normes morales et littéraires incarnées par le classicisme.

I L'humanisme : l'homme au cœur de la littérature d'idées

1 Montaigne : l'invention de l'essai

- Les *Essais* de Montaigne paraissent entre 1580 et 1595. Cette œuvre mêlant autobiographie et réflexions diverses, et composée de trois livres grossis par des ajouts successifs, fait entendre une voix singulière : celle d'un moi qui se prend comme matière de ses écrits, celle d'une conscience qui s'étudie elle-même, celle d'un humaniste qui voit en chaque individu un représentant de « l'humaine condition ».
- L'essayiste met à l'épreuve ses jugements loin de toute certitude. En effet, l'optimisme confiant des débuts de l'humanisme, mis à mal par la conquête coloniale et les conflits religieux, a laissé place au scepticisme.

2 Rabelais : la pensée humaniste en acte

- Dans *Gargantua* et *Pantagruel*, Rabelais met en scène la vie de deux géants. L'accent est mis sur leur formation, occasion pour le romancier de livrer un exposé aussi comique que polémique sur les principes et valeurs de l'humanisme.
- Derrière le rire né du grotesque des personnages et des situations, le lecteur est initié à une forme de sagesse.

Mot clé

L'**humanisme** est un mouvement culturel né en Italie, qui s'épanouit au XVIe siècle et fait de l'homme le centre de ses réflexions.

3 La naissance d'une littérature engagée

- Les guerres de Religion qui ravagent la France voient naître des textes dans lesquels les écrivains s'engagent et prennent parti pour leur camp.
- Ronsard, poète de la Pléiade, se fait le champion du parti catholique dans ses *Discours*. Du côté protestant, Agrippa d'Aubigné livre avec *Les Tragiques* une peinture pathétique et violente du royaume divisé.

II Le classicisme : le triomphe des moralistes

1 Les genres mondains

- Les mémoires sont écrits par ceux qui ont participé aux affaires du monde. La Rochefoucauld, le cardinal de Retz, Saint-Simon témoignent ainsi de leur expérience du pouvoir.
- Le genre du portrait se voit doté d'une grandeur particulière par La Bruyère et ses *Caractères* : il décrit des types et non des individus, et fait du portrait une peinture des mœurs.
- Nouvelle forme esthétique, le fragment accède à une véritable dignité littéraire. Les *Pensées* de Pascal ou les *Maximes* de La Rochefoucauld constituent des séries d'énoncés indépendants et lapidaires.
- Les correspondances accomplissent l'ambition classique d'une élégance sans artifice, d'une beauté non fabriquée. Au premier rang, les *Lettres* de Madame de Sévigné ont rapidement constitué un modèle du genre.

À noter

À côté des formes courtes persistent celles plus développées et continues, héritières de la rhétorique antique, dont le *Discours de la Méthode* de Descartes est l'illustration.

2 Instruire et plaire

- Le théâtre comique s'emploie lui aussi indirectement à critiquer les mœurs, comme chez Molière qui épingle les vices et défauts humains de son siècle. Le paratexte des pièces devient une tribune pour le dramaturge.
- La Fontaine préfère la fable et le détour par la fiction allégorique : derrière son monde d'animaux et de végétaux, c'est la société humaine et ses égoïsmes qui se voient mis en cause.

L'ESSENTIEL

L'humanisme →
- essai (Montaigne)
- roman (Rabelais)
- poésie engagée (Ronsard, Agrippa d'Aubigné)

Le classicisme →
- mémoires (Saint-Simon)
- portrait (La Bruyère)
- correspondances (Madame de Sévigné)
- théâtre comique (Molière)
- fable (La Fontaine)

La littérature d'idées au XVIIIe siècle

14

☐ OK

Les écrivains philosophes du XVIIIe siècle œuvrent pour lutter contre l'obscurantisme et faire de la raison la lumière qui guide le peuple.

I Un contexte culturel propice

- Supports essentiels de la diffusion du savoir, les **livres** voient leur nombre multiplié par trois entre 1700 et 1779. La majorité des ouvrages restent cependant des textes de littérature populaire et religieuse.
- La **diffusion des idées des Lumières** est assurée autant par des écrits que par des lieux où les écrivains se rencontrent : des **salons** regroupent auteurs, savants et artistes autour de valeurs communes ; les **cafés** sont le théâtre de vives discussions politiques ou philosophiques ; les **académies** se multiplient en province.

II Les idées des Lumières

1 La question religieuse

- Au plan religieux, les philosophes des Lumières s'interrogent sur le **rapport de l'homme à Dieu** et à l'Église.
- Certains font le choix du **déisme**, comme Montesquieu et Voltaire, et affirment la croyance en un dieu créateur du monde tout en refusant de se soumettre à une institution en matière de culte.
- D'autres professent un véritable **athéisme** : ainsi, Diderot pense que la matière se transforme et s'organise sans intervention divine.

2 L'organisation politique

- Les penseurs du XVIIIe siècle sont unanimes dans leur **condamnation de l'absolutisme** : leurs écrits préfigurent la Révolution française.
- Certains, Montesquieu en tête, se prononcent en faveur de la **monarchie tempérée** où le pouvoir du roi se trouve limité par celui de la noblesse et des parlements.
- D'autres (Voltaire, Diderot), soutiennent le principe du **despotisme éclairé**.
- Plus minoritaire, un courant défend l'**idée de démocratie** (Rousseau).

Œuvre clé

Œuvre majeure des Lumières, l'***Encyclopédie*** travaille à la destruction des préjugés pour éclairer l'opinion.

III L'apparition de genres argumentatifs nouveaux

Le siècle des Lumières reprend des formes anciennes, comme en témoignent les titres de certaines œuvres : *Discours sur l'origine et les fondements de l'inégalité parmi les hommes* (Rousseau, 1755) ou *Lettres philosophiques* (Voltaire, 1734). Il en réinvente aussi certains.

1 Le conte philosophique

- Sous l'impulsion de Voltaire, le **conte philosophique** devient une arme essentielle des Lumières. Merveilleux et imagé, il met à portée du plus grand nombre des théories scientifiques et philosophiques jusque-là réservées aux lettrés.
- Sa **forme allégorique** et ses formules souvent ironiques atténuent les atteintes portées aux institutions et au pouvoir, **déjouant** ainsi **la censure**.

2 Les écrits à dimension biographique

- Rousseau donne avec ***Les Confessions*** le **premier exemple d'autobiographie**. À travers le récit de sa vie, il entreprend aussi de se justifier aux yeux de ses détracteurs.
- En dynamisant les règles du genre, Diderot propose des dialogues qui donnent à voir les **multiples facettes du moi** (*Le Neveu de Rameau*, 1891).

L'ESSENTIEL

La littérature d'idées au XVIIIe siècle

Contexte
diffusion des savoirs (livres) et des idées des Lumières (écrits, salons, etc.)

Idées des Lumières
- question religieuse : rapport de l'Homme à Dieu (déisme, athéisme)
- question politique : condamnation de l'absolutisme

Nouveaux genres argumentatifs
- conte philosophique (Voltaire)
- écrits à dimension biographique (Rousseau, Diderot)

Les stratégies argumentatives

15

☐ OK

La littérature d'idées rassemble des textes dans lesquels un auteur expose et défend son point de vue. Dans tous les cas, une stratégie argumentative est mise en place par l'auteur qui vise à emporter l'adhésion du lecteur par la raison ou les sentiments.

I Les éléments de l'écriture argumentative

Directe ou indirecte, l'argumentation met en jeu les éléments suivants :

- Le **thème** est le sujet du débat, de l'argumentation.
- La **thèse** est la proposition ou position que défend le locuteur.
- L'**argument** est une proposition reconnue ou donnée comme vraie, qui sert à prouver la thèse soutenue ou à réfuter la thèse rejetée (**contre-argument**).
- L'**exemple** vient à l'appui de l'argumentation logique et abstraite comme illustration concrète ; il permet ainsi d'adosser les arguments sur des faits. L'exemple est qualifié d'argumentatif lorsqu'il présente un cas si représentatif qu'il suffit à établir une proposition générale.

À noter

Dans la fable, le récit a valeur d'**exemple argumentatif** car il permet d'aboutir à la moralité.

II Les voies de l'argumentation

1 Le choix de la raison

- **Convaincre** consiste à amener le destinataire à reconnaître **rationnellement** que l'opinion défendue est vraie.
- Les textes qui cherchent à emporter la conviction se reconnaissent à la présence d'**arguments** et d'**exemples**, organisés de manière logique.
  - Le **raisonnement inductif** se fonde sur des faits particuliers pour s'élever à la loi générale.
  - Le **raisonnement déductif**, à l'inverse, prouve un fait particulier à partir d'un énoncé général.

Mot clé

Cas particulier de la déduction, le **syllogisme** propose une conclusion en apparence irréfutable à partir d'affirmations données comme vraies.

• Le **raisonnement concessif** permet de rendre raison en partie à l'adversaire avant de réfuter l'essentiel de son argumentation.

• Le **raisonnement par l'absurde** feint d'adopter la thèse adverse pour en tirer par déduction des conséquences illogiques.

- L'**argument d'autorité**, par lequel un auteur cite les propos d'une personnalité à la légitimité incontestée, peut achever de convaincre l'interlocuteur.

2 Le biais des sentiments

- **Persuader** consiste à amener le destinataire à admettre la thèse en faisant appel à ses émotions et non seulement à la raison.

- L'auteur manifeste sa **subjectivité** grâce à divers procédés : écriture à la première personne, verbes d'opinion, recours à la modalisation et aux connotations. Il cherche à **impliquer l'interlocuteur**, à travers des apostrophes, des questions rhétoriques, des figures de style visant à susciter une émotion.

- La persuasion passe également par **l'implicite** qui prend la forme du **sous-entendu** (dont l'interprétation dépend entièrement de la situation d'énonciation), du **présupposé** (qui suppose une déduction à la charge du destinataire) et de l'**ironie** (qui suppose que le lecteur inverse la valeur de l'énoncé pour en comprendre le sens réel).

- Les **arguments de mauvaise foi** trouvent parfois leur place dans une stratégie persuasive : le **prétexte** invente de fausses raisons ; la **tautologie** redouble l'affirmation d'une évidence et l'**argument *ad hominem*** discrédite la personne de l'adversaire plus que ses arguments.

L'ESSENTIEL

Les éléments de l'écriture argumentative →
- thème
- thèse
- argument
- exemple

Les voies de l'argumentation →
- convaincre par la raison (arguments, exemples)
- persuader par les sentiments (implication de l'interlocuteur)

Analyser un texte d'idées

16

☐ OK

L'analyse d'un texte d'idées suppose qu'on ait préalablement identifié le type d'argumentation, directe ou indirecte, dont il relève. Dans tous les cas, il convient de porter une attention particulière aux marqueurs logiques, énonciatifs et stylistiques.

I Identifier le schéma argumentatif

1 Repérer les articulations logiques

- Relevez les connecteurs qui marquent les articulations de la pensée ; identifiez la valeur éventuelle de la ponctuation (les deux-points révèlent par exemple un rapport de cause à conséquence).
- Prêtez attention aux adverbes qui marquent la progression du discours (*d'abord, ainsi, finalement*…).
- Dans le cas de l'argumentation indirecte, cherchez à dégager la part narrative de la part discursive, qui transparaît dans les commentaires et l'énoncé éventuel d'une leçon par l'auteur.

2 Dégager la thèse défendue

- Si la thèse est explicite, il faut situer précisément dans le texte le passage où elle apparaît et la reformuler de manière à montrer qu'on l'a bien comprise.
- Si la thèse est implicite, il s'agit de la formuler avec ses propres mots à partir des arguments donnés dans le corps du texte.

3 Identifier la stratégie argumentative

- Le repérage des types d'arguments mobilisés permet de préciser l'angle d'attaque privilégié par le locuteur :

- La démarche d'ensemble peut choisir de privilégier l'adhésion du destinataire par la raison ou les sentiments ou l'inviter à mettre en balance plusieurs points de vue.
- Formes subjectives, l'éloge et le blâme doivent conduire à construire une image du locuteur et des valeurs auxquelles il adhère autant que de la personne visée.

II Étudier la situation d'énonciation

1 Du côté du locuteur

- Il faut observer comment se manifeste celui qui soutient sa thèse. Cela revient à étudier les marques de présence de la première personne, à travers les pronoms et les déterminants possessifs.
- Il convient également de chercher la présence de la modalité exclamative, des marques de jugement, des termes modalisateurs.

2 Du côté du destinataire

- On peut déterminer l'identité et le rôle de l'interlocuteur (simple auditeur ou lecteur, adversaire, complice) et porter attention à la manière dont il est présenté, interpelé, cité.
- Demandez-vous si et comment le lecteur est présent dans le texte.

III Étudier le lexique et les procédés stylistiques

1 Le lexique

- Observez les champs lexicaux et les liens qui les unissent.
- Identifiez les connotations (lexique évaluatif, appréciatif).
- Déterminez la tonalité du texte (comique, satirique, lyrique…) et les procédés d'expression qui la soutiennent.

> **Conseil**
> Soyez également attentif à la **typographie** qui signale l'importance d'un mot avec les lettres capitales ou l'italique, l'ironie avec des guillemets.

2 Les procédés stylistiques

- Répertoriez les figures de style et cherchez à interpréter leur rôle dans l'argumentation :
  - figures d'insistance (répétition, parallélisme, énumération, gradation, prétérition) ;
  - figures d'exagération (hyperbole) ;
  - images (comparaison, métaphore).
- Détectez la présence possible d'ironie et étudiez-en les effets.

Quiz EXPRESS

17

Avez-vous bien révisé les fiches 12 à 16 ? On vérifie !

La littérature d'idées

1 La littérature d'idées des XVIe et XVIIe siècles

FICHE 13

Cochez la bonne réponse.

1. À quoi reconnaît-on un texte humaniste ?

☐ a. Il est écrit en latin.

☐ b. Il met l'être humain au centre de sa réflexion.

☐ c. Il place toute sa confiance en l'homme.

2. La devise des auteurs du classicisme est :

☐ a. d'instruire, de plaire et d'émouvoir.

☐ b. de convaincre, de persuader et de délibérer.

☐ c. de châtier les mœurs par le rire.

2 La littérature d'idées au XVIIIe siècle

FICHE 14

L'écriture est un combat sous la plume des Lumières...

☐ a. parce qu'il faut parvenir à échapper à la censure de la Librairie.

☐ b. parce qu'il faut lutter contre l'obscurantisme, le fanatisme religieux, les formes abusives du pouvoir.

☐ c. parce que l'Église a le monopole de l'édition.

3 Étudier un texte d'idées

FICHES 15

Quel est le type d'argument utilisé dans la phrase suivante ?

> Il faut que le poète traite son sujet selon le vraisemblable et le nécessaire ; Aristote le dit, et tous ses interprètes répètent les mêmes paroles [...].
>
> Corneille

☐ a. un argument d'autorité

☐ b. un argument d'expérience

☐ c. un argument *ad hominem*

CORRIGÉS

1 La littérature d'idées des XVIe et XVIIe siècles

1. Réponse b.
Forgé sur le mot *humain*, l'humanisme centre sa pensée sur l'homme envisagé pour lui-même et non plus seulement dans son rapport à Dieu. Il met parallèlement à l'honneur les humanités, savoirs hérités de l'Antiquité gréco-latine.

2. Réponse a.
Le classicisme reprend à son compte la doctrine du poète latin Horace, « *Docere, placere, movere* », selon laquelle la création littéraire doit édifier le lecteur, le séduire tout autant que mobiliser ses sentiments.

Citation

« Châtier les mœurs par le rire » se trouve également dans *Art poétique* d'Horace, « *Castigat ridendo mores* », et renvoie à la mission de la comédie qui doit corriger les comportements humains sur un mode léger et agréable.

2 La littérature d'idées au XVIIIe siècle

Réponse b.
La plume des écrivains devient la meilleure arme pour diffuser à travers leurs écrits l'esprit de tolérance et encourager chaque lecteur à penser par lui-même.

3 Étudier un texte d'idées

Réponse a.
L'argument d'autorité s'enlève sur le respect dû à la personne dont on reprend les propos. La reconnaissance d'Aristote comme une figure éminente de la philosophie antique engage le lecteur à adhérer à la proposition énoncée par le locuteur.

À noter

Un **argument *ad hominem*** est un argument dirigé littéralement « vers un homme » c'est-à-dire qui s'en prend directement à sa personne.

Rabelais, *Gargantua*

Parcours : Rire et savoir

18

☐ OK

Gargantua narre les aventures d'un géant doté d'un formidable appétit de bonne chère et de savoir. À travers ce récit plein de verve et de fantaisie verbale, Rabelais livre un plaidoyer pour une culture humaniste.

I Connaître l'œuvre

1 L'auteur et le contexte

- **Érudit de la Renaissance**, François Rabelais a probablement vécu de 1483 à 1553. Il prend l'habit de moine puis devient médecin. Sa vocation littéraire s'affirme tardivement : son premier roman, *Pantagruel*, paraît en 1532, suivi en 1534 par *Gargantua*, qui fait l'objet d'une deuxième édition en 1542.
- Rabelais a acquis une très vaste culture en étudiant notamment les langues et les textes de l'Antiquité ainsi que le corps humain. L'écrivain illustre donc l'**idéal humaniste** qu'il préconise dans son œuvre.

> **À noter**
> C'est sous le **pseudonyme** d'Alcofribas Nasier (anagramme de ses prénom et nom) que François Rabelais signe *Gargantua*.

2 La structure de l'œuvre

- À l'instar de *Pantagruel*, *Gargantua* est construit comme une parodie d'épopée. Cependant, ce deuxième roman apparaît davantage marqué par l'**esprit satirique** : Rabelais raille la culture médiévale et promeut les idéaux de l'humanisme.
- *Gargantua* est découpé en **quatre ensembles** distincts (l'enfance, l'éducation, la guerre et l'abbaye de Thélème) : cette partition correspond à la composition des **romans de chevalerie** où étaient abordées successivement la formation, les prouesses et l'entrée en religion des héros.

II Comprendre le parcours

1 « Rire est le propre de l'homme »

- Dès l'« Avis aux lecteurs », Rabelais justifie son **parti pris comique** en se fondant sur une maxime empruntée au traité *Les Parties des animaux* d'Aristote. Mécanisme caractéristique de l'humain, le rire apparaît à l'auteur de *Gargantua* comme une panacée, c'est-à-dire un remède universel à la douleur et au chagrin auxquels l'homme est en proie au cours de sa vie.

- Le rire rabelaisien s'abreuve à de multiples sources : il emprunte à la **farce** avec des effets de décalage ; puise dans le **lexique populaire**, voire grossier ; joue du **gigantisme** des personnages ; se fait **parodie** quand il imite le discours des doctes ; recourt aussi à l'**ironie** pour rendre le texte ambivalent.

- Le comique n'est pas une fin en soi sous la plume de Rabelais. Il se comprend dans le cadre d'une **pensée chrétienne** et cherche à contrebalancer la faiblesse humaine en incitant au discernement.

> **Conseil**
>
> L'**ironie** appelle les lecteurs rabelaisiens à réfléchir : il faut parfois mettre en doute la parole même qui se déploie dans le roman et évaluer la valeur de vérité des énoncés.

2 Le « gai savoir »

- Le « Prologue » de *Gargantua* se place sous l'autorité de **Socrate**, **figure du sage antique** dissimulé sous les traits d'un bon vivant : derrière l'apparence comique se cache un « divin savoir ». Rabelais, comme Socrate, amène son lecteur à devenir plus instruit et à se connaître soi-même.

- Chez Rabelais, le rire s'attaque aux vices des institutions comme des individus : il met en cause et libère ; il corrige et invite à la délibération. La satire se met au service de la pédagogie : elle véhicule les **idées humanistes**.

- Pour le lecteur, il s'agit moins d'être bon public qu'« entommeur » (briseur) de la « substantifique moelle », à l'image d'un chien de chasse qui ronge l'os jusqu'à en atteindre le meilleur morceau. Les aventures romanesques de Gargantua se lisent ainsi comme une chasse de vérité, un **récit allégorique** à décrypter.

L'ESSENTIEL

Gargantua, Rabelais (1534-1542)

- **Mouvement :** humanisme
- **Thème :** l'éducation et les aventures burlesques d'un géant
- **Visées :** susciter une pensée critique par le rire, promouvoir les idées humanistes

Rabelais, *Gargantua* (chap. XI à XXIV)

Parcours : La bonne éducation

19

☐ OK

Le roman *Gargantua*, narre les aventures du géant éponyme et propose un questionnement philosophique sous une apparence comique. Le récit de l'éducation du héros contribue ainsi à la formation du lecteur.

I Connaître l'œuvre

1 L'auteur et le contexte

- **Érudit de la Renaissance**, François Rabelais a probablement vécu de 1483 à 1553. Il prend l'habit de moine puis devient médecin. Sa vocation littéraire s'affirme tardivement : son premier roman, *Pantagruel*, paraît en 1532, suivi en 1534 par *Gargantua*, qui fait l'objet d'une deuxième édition en 1542.

- Rabelais a acquis une très vaste culture en étudiant notamment les langues et les textes de l'Antiquité ainsi que le corps humain. L'écrivain illustre donc l'**idéal humaniste** qu'il préconise dans son œuvre.

> **À noter**
> C'est sous le **pseudonyme** d'Alcofribas Nasier (anagramme de ses prénom et nom) que François Rabelais signe *Gargantua*.

2 La structure de l'œuvre

- À l'instar de *Pantagruel*, *Gargantua* est construit comme une parodie d'épopée. Cependant, ce deuxième roman apparaît davantage marqué par l'**esprit satirique** : Rabelais raille la culture médiévale et promeut les idéaux de l'humanisme.

- Les chapitres XI à XXIV de *Gargantua* sont consacrés à l'enfance et l'éducation du protagoniste principal : cette composition fait écho à la structure des **romans de chevalerie** qui s'ouvraient traditionnellement sur un développement consacré à la formation des héros.

II Comprendre le parcours

1 Un roman de formation

- Aux premiers chapitres de l'œuvre, qui rapportent la naissance du géant, succèdent ceux, numérotés de XI à XIII, centrés sur les jeux d'enfant de Gargantua, où il manifeste déjà des aptitudes certaines. Les chapitres suivants, jusqu'au vingt-quatrième, narrent son **éducation** en Utopie puis à Paris.

À l'enseignement sophistique de Thubal Holoferne et de Jobelin Bridé, le père de Gargantua va préférer celui du sage Ponocrates. Rabelais oppose ainsi deux modèles d'éducation : celui des maîtres de la scolastique et celui d'un précepteur nourri aux idées de l'**humanisme**, telles qu'on les trouve développées chez Érasme dans *De l'éducation des enfants* (1529).

> **Mot-clé**
>
> La **scolastique** renvoie à un type d'enseignement médiéval qui favorise une approche abstraite des savoirs, notamment par l'usage de sophismes (raisonnements ayant l'apparence de la vérité).

L'éducation humaniste favorise le développement de l'**esprit**, en associant connaissances théoriques et savoirs expérimentaux, mais aussi celui du **corps** grâce à des exercices physiques répétés.

2 La « substantifique moelle »

La bonne éducation se définit d'abord pour Rabelais en réaction à l'« obscurantisme » médiéval. Il s'agit de se défaire des superstitions et des préjugés pour affirmer le **principe de perfectibilité humaine**.

Le récit de la jeunesse de Gargantua mêle allusions savantes et épisodes grotesques ; il combine références réalistes et détails fantaisistes. Cette ambivalence crée des effets comiques de **décalage** qui amènent finalement le lecteur à réfléchir aux principes d'une éducation réussie.

Le roman rabelaisien définit moins un modèle d'éducation qu'il ne livre une méthode dans laquelle la **science** s'accompagne toujours de **conscience**. Pour Rabelais, l'homme éduqué est un individu instruit et un être moralement responsable.

L'ESSENTIEL

Gargantua, chap. XI à XXIV
Rabelais
(1534-1542)

- **Mouvement :** humanisme
- **Thème :** l'éducation d'un géant
- **Visées :** susciter une pensée critique par le rire, promouvoir les idées humanistes

La Bruyère, *Les Caractères* (livres v à x)

Parcours : La comédie sociale

20

☐ OK

Dans *Les Caractères*, La Bruyère donne à voir les ridicules de ses contemporains et dénonce la société du paraître qui triomphe à la Cour ou dans les salons.

I Connaître l'œuvre

1 L'auteur et le contexte

- Issu de la bourgeoisie, Jean de La Bruyère (1645-1696) acquiert une charge de trésorier après des études de droit. En 1684, sa carrière connaît une ascension notable : il devient précepteur du duc Louis de Bourbon, petit-fils du Grand Condé.
- La Bruyère entre à l'Académie française en 1693 et prend le parti des « Anciens », admirateurs et imitateurs de l'Antiquité, dans la « querelle » qui les oppose aux « Modernes », soucieux de renouveler les formes artistiques.

2 La structure de l'œuvre

- Inspirée des *Caractères* du Grec Théophraste (372-287 av. J.-C.), l'œuvre de La Bruyère se présente comme une traduction de l'auteur antique, sorte de caution morale et littéraire. Au fil des éditions (1688-1696), La Bruyère y ajoute un mélange original de descriptions, remarques et aphorismes dans le goût de l'époque classique, qui rejoint l'esthétique de la conversation mondaine.
- Au-delà du désordre apparent de l'œuvre, certains regroupements apparaissent : les livres i à iv dépeignent la psychologie de l'homme (son esprit, son mérite, son cœur) ; les livres v à x proposent une peinture de la société et du pouvoir ; les livres xi à xvi étudient l'homme dans une perspective morale et religieuse.

II Comprendre le parcours

1 Un miroir de la société

- La Bruyère fait autant œuvre d'historien, à la manière de Saint-Simon, que de moraliste à l'instar de La Rochefoucauld.

Mot-clé

Un **moraliste** observe et décrit le comportement de ses semblables afin d'instruire le lecteur.

- La société dépeinte dans *Les Caractères* n'est plus régie par l'ordre ancien : les « **Grands** » n'ont plus que les « dehors » de l'aristocratie et la **bourgeoisie** se hisse au rang de cette dernière par l'argent et les intrigues.
- Toutes les **conditions** – de l'artisan au souverain – et tous les **profils** psychologiques – de la coquette au distrait – sont décrits. Cet examen détaillé oppose ceux qui sont utiles au fonctionnement de la société à ceux dont le comportement n'est fondé que sur le paraître et sur l'artifice, et qui la dénaturent.

2 Divertir en corrigeant les mœurs

- La Bruyère excelle dans l'art du portrait. Les caricatures qu'il dresse de ses contemporains visent à créer des « **types** » humains. La façon dont il met en scène les travers et les manies des hommes suscite le rire et fait écho, de manière efficace, au thème du *theatrum mundi* (théâtre du monde). Au-delà du traité rhétorique, l'œuvre s'apparente souvent à une comédie aux accents baroques.

> **Mot-clé**
> La notion de ***theatrum mundi*** est un héritage baroque. Au sein de la société, chacun joue un rôle, consciemment ou malgré lui, sur la grande scène du monde.

- Le style de l'auteur s'attache à mettre au jour les défauts des êtres et les tares de la société : la **précision** des formules fouille les replis de l'âme humaine ; l'**exagération** et le goût de l'anecdote emportent le rire.
- Le comique devient ainsi un instrument puissant au service de la **critique des institutions et des préjugés** dont se souviendront les philosophes du siècle des Lumières.

L'ESSENTIEL

Les Caractères, livres V à X
La Bruyère
(1688-1696)

- **Mouvement :** classicisme
- **Thème :** l'étude des mœurs dans une société fondée sur le paraître
- **Visées :** dévoiler l'envers du « Grand Siècle », mettre au jour les ressorts de la nature humaine

La Bruyère, *Les Caractères* (livre XI)

Parcours : Peindre les Hommes, examiner la nature humaine

21

☐ OK

Les Caractères ou Les Mœurs de ce siècle **présentent une collection de réflexions, maximes et portraits, qui offre une sorte d'inventaire de l'homme, de ses valeurs et de ses pratiques.**

I Connaître l'œuvre

1 L'auteur et le contexte

- Issu de la bourgeoisie, Jean de La Bruyère (1645-1696) acquiert une charge de trésorier après des études de droit. En 1684, sa carrière connaît une ascension notable : il devient **précepteur** du duc Louis de Bourbon, petit-fils du Grand Condé.
- La Bruyère entre à l'**Académie française** en 1693 et prend le parti des « Anciens », admirateurs et imitateurs de l'Antiquité, dans la « querelle » qui les oppose aux « Modernes », soucieux de renouveler les formes artistiques.

2 La structure de l'œuvre

- Inspirée des *Caractères* du Grec **Théophraste** (372-287 av. J.-C.), l'œuvre de La Bruyère se présente comme une traduction de l'auteur antique, sorte de caution morale et littéraire. Au fil des éditions (1688-1696), La Bruyère y ajoute un **mélange original** de descriptions, remarques et aphorismes dans le goût de l'époque classique.
- Au-delà du **désordre** apparent de l'œuvre et de la fragmentation de ses énoncés, certains **regroupements** apparaissent : les livres I à IV dépeignent la psychologie de l'homme (son esprit, son mérite, son cœur) ; les livres V à X proposent une peinture de la société et du pouvoir ; les livres XI à XVI étudient l'homme dans une perspective morale et religieuse.

II Comprendre le parcours

1 La peinture des hommes

- Intitulé « De l'Homme », le livre XI annonce d'emblée son ambition anthropologique : le propos est de **décrire l'être humain** dans ses singularités, ses étrangetés, ses passions et ses faiblesses, de l'enfance à la vieillesse.

Dans les salons littéraires, les contemporains tentent de reconnaître ceux qui sont visés par les portraits. Toutefois, les descriptions cherchent à dépasser l'anecdotique pour peindre des caractères, c'est-à-dire des « types » universels.

Les portraits, en particulier, offrent une observation minutieuse des hommes, émaillée de détails concrets et pittoresques, qui tend à la caricature. Piquante, la description peut virer à la satire et le tableau du genre humain prend parfois des airs de comédie à la façon de Molière.

2 L'examen de la nature humaine

Collection d'énoncés sous la forme de fragments, de maximes ou de portraits, *Les Caractères* passent au crible la nature humaine pour en révéler les incohérences, l'émiettement, voire le néant. La Bruyère rejoint ainsi les moralistes, de La Rochefoucauld à Pascal.

Mot-clé

Un **moraliste** observe et décrit le comportement de ses semblables. S'il cherche à instruire le lecteur, il ne se fait pas pour autant moralisateur.

Méthodiques et lucides, les cent-cinquante-huit remarques du livre XI épinglent différents spécimens d'humanité avec leurs traits psychologiques et moraux. Entre discernement et caractérisation, la démarche de l'écrivain rappelle celle des sciences, incarnée notamment par Descartes.

La Bruyère veut plaire à son lecteur tout en cherchant à l'édifier, conformément à la doctrine classique. Mais il fait aussi le procès d'une société en proie aux dysfonctionnements, comme le feront plus tard certains philosophes des Lumières.

L'ESSENTIEL

Les Caractères, livre XI
La Bruyère
(1688-1696)

- **Mouvement :** classicisme
- **Thème :** l'étude des comportements et des travers des hommes
- **Visées :** dévoiler l'envers du « Grand Siècle », mettre au jour les ressorts de la nature humaine

O. de Gouges, *Déclaration des droits de la femme et de la citoyenne*

Parcours : Écrire et combattre pour l'égalité

22

☐ OK

Dans sa *Déclaration des droits de la femme et de la citoyenne*, Olympe de Gouges revendique pour les femmes des droits égaux à ceux des hommes, au nom de la nature et de la raison. Femme engagée dans le débat politique, elle met sa plume au service du combat pour l'égalité des sexes et des citoyens.

I Connaître l'œuvre

1 L'auteur et le contexte

- Marie Gouze naît en 1748 dans une famille de la bourgeoisie provinciale. Jeune veuve, elle gagne Paris au début des années 1770, où elle prend le nom d'Olympe de Gouges. Grâce à son instruction, elle se fait une place dans les salons du temps.
- Pendant la Révolution, Olympe de Gouges multiplie les écrits pour promouvoir les droits des opprimés. Sa position en faveur de la monarchie constitutionnelle et son hostilité au régime de la Terreur lui valent d'être guillotinée en 1793.

> **À noter**
>
> **La Terreur** désigne une période de la Révolution française située entre 1793 et 1794. Elle se caractérise notamment par une justice expéditive à l'égard des personnes suspectées de mettre en danger la République.

2 La structure de l'œuvre

- Adressée à la reine Marie-Antoinette, la *Déclaration des droits de la femme et de la citoyenne* constitue un pastiche critique de la *Déclaration des droits de l'homme et du citoyen*, présentée au roi Louis XVI et votée le 26 août 1789.
- L'œuvre d'Olympe de Gouges imite la forme juridique de la *Déclaration* de 1789 : comme le texte original, elle comporte un préambule (exposé d'intentions) et dix-sept articles de loi. L'auteure ajoute un postambule dans lequel elle appelle directement les femmes à s'emparer de leurs droits.

II Comprendre le parcours

1 L'écriture au service de l'égalité des sexes

- La *Déclaration* rédigée par Olympe de Gouges apparaît d'abord comme le pendant absent de celle de 1789, qui semble ne concerner que les individus de sexe masculin. En effet, les femmes de l'époque ne pouvaient ni voter ni exercer de fonctions politiques.

- Pourtant, le texte ne saurait se réduire à un simple contre-projet : c'est un plaidoyer en faveur de l'égalité des droits qui vise à faire reconnaître un **statut juridique, politique et social** aux femmes et à établir la concordance entre les sexes au sein de la nation.

- Le projet est demeuré sans valeur légale, mais il a marqué une étape dans l'histoire de la **pensée féministe**, qui le relie, un siècle plus tôt, au traité de Poullain de La Barre, *De l'égalité des deux sexes* (1673), et à l'époque contemporaine, à l'essai de Simone de Beauvoir, *Le Deuxième Sexe* (1949).

Citation

« La femme a le droit de monter sur l'échafaud ; elle doit avoir également celui de monter à la tribune [...] » (article X de la *Déclaration des droits de la femme et de la citoyenne*).

2 Une femme engagée

- À l'instar des écrivains des Lumières, Olympe de Gouges tente de détruire les préjugés. Son discours emprunte aux **ressources de l'art oratoire** : judiciaire, il prend en charge les faits passés en dénonçant les injustices faites aux femmes ; épidictique, il blâme les hommes pour leurs comportements quotidiens ; délibératif, il propose pour l'avenir un nouveau modèle de société égalitaire.

- De nombreux écrits (pièces de théâtre, brochures...) témoignent des **positions avant-gardistes** de l'auteure sur des sujets variés. Elle réclame ainsi l'égalité des droits pour tous, sans distinction de sexe, de couleur ni de revenu, et s'insurge particulièrement contre la traite des esclaves dans les colonies. Elle a également défendu avec énergie les enfants nés hors mariage et privés de droits.

L'ESSENTIEL

Déclaration des droits de la femme et de la citoyenne, Olympe de Gouges (1791)

- **Mouvement :** les Lumières
- **Thème :** la revendication de l'égalité entre hommes et femmes
- **Visées :** dénoncer les injustices, défendre les droits des femmes

Quiz EXPRESS 23

Avez-vous bien révisé les fiches 18 à 22 ? On vérifie !

Les œuvres de littérature d'idées au programme

1 Le *Gargantua* de Rabelais

▶ FICHES 18 ET 19

Cochez les affirmations correctes.

- ☐ **a.** Rabelais est un moine du Moyen Âge.
- ☐ **b.** Rabelais est un humaniste de la Renaissance.
- ☐ **c.** Le roman *Gargantua* s'apparente à une parodie d'épopée.
- ☐ **d.** *Gargantua* est la transposition moderne d'une légende populaire.

2 *Les Caractères* de La Bruyère

▶ FICHES 20 ET 21

1. La Bruyère est connu pour…

- ☐ **a.** avoir inventé le genre du « caractère ».
- ☐ **b.** faire partie des moralistes classiques.
- ☐ **c.** avoir été le précepteur du Dauphin.

2. *Les Caractères* sont…

- ☐ **a.** un recueil de caricatures des contemporains de l'auteur.
- ☐ **b.** un classement des différents profils de la psychologie humaine.
- ☐ **c.** une collection de portraits, maximes et réflexions sur la nature humaine.

3 La *Déclaration des droits de la femme et de la citoyenne* d'O. de Gouges

▶ FICHE 22

Cochez les affirmations correctes.

- ☐ **a.** Olympe de Gouges a fondé le mouvement féministe.
- ☐ **b.** Olympe de Gouges a payé de sa vie son engagement et ses idées.
- ☐ **c.** Sa *Déclaration* représente le premier texte littéraire à valeur légale.
- ☐ **d.** Sa *Déclaration* constitue un texte fondateur de la revendication des femmes à l'égalité avec les hommes.

CORRIGÉS

1 Le *Gargantua* de Rabelais

Réponses b et c.
Successivement moine, médecin et écrivain, Rabelais fait partie des penseurs qui, au XVIe siècle en France, ont placé l'homme au cœur de leurs préoccupations et auxquels on a donné le nom d'humanistes. Les humanités, c'est-à-dire les œuvres issues des langues et des cultures antiques, constituent pour ces hommes de la Renaissance des modèles et des sources d'inspiration. L'épopée a ainsi fourni au roman *Gargantua* son schéma narratif, sur un mode burlesque.

2 *Les Caractères* de La Bruyère

1. **Réponse b.** Inspirée des *Caractères* de l'auteur grec Théophraste, l'œuvre de La Bruyère, fait entrer son auteur dans la catégorie des moralistes, autrement dit des écrivains qui étudient les mœurs des hommes. Les portraits de La Bruyère décrivent notamment les comportements et les travers humains pour distraire et instruire les lecteurs, en accord avec la doctrine classique.

À noter

Le Dauphin est le titre attribué à sa naissance au fils aîné du roi de France régnant. À l'époque de La Bruyère, il s'agit du fils aîné de Louis XIV, à qui le premier recueil des *Fables* de La Fontaine est dédié.

2. **Réponse c.** Mélange original de portraits, maximes et réflexions sur la nature humaine, les *Caractères* empruntent leur esthétique à la conversation mondaine, et leur esprit au cabinet de curiosités, sans prétendre à l'exhaustivité scientifique. Certains contemporains de La Bruyère y ont vu des textes à clés, dans lesquels reconnaître des personnes caricaturées par le moraliste.

3 La *Déclaration des droits de la femme et de la citoyenne* d'O. de Gouges

Réponses b et d. Femme engagée dans la vie politique, Olympe de Gouges a pris une part active à la Révolution française. Son hostilité au régime de la Terreur lui a valu d'être guillotinée en 1793. Pastiche de la *Déclaration des droits de l'homme et du citoyen* votée 1789, la *Déclaration* d'Olympe de Gouges n'a pas de valeur légale, mais elle a compté dans l'histoire de la pensée féministe.

*FLASH*CARDS

Mémorisez les idées clés des fiches 18 à 22

Les œuvres de littérature d'idées au programme

1

En quoi le roman *Gargantua* relève-t-il de la littérature d'idées ?

▶ FICHES 18 ET 19

2

Quelles sont les fonctions du comique chez Rabelais ?

▶ FICHES 18 ET 19

3

Quels idéaux de l'humanisme sont véhiculés par *Gargantua* ?

▶ FICHES 18 ET 19

4

Les Caractères appartiennent-ils à l'argumentation directe ou indirecte ?

▶ FICHES 12, 20 ET 21

5

Quelles sont les principales visées du portrait chez La Bruyère ?

▶ FICHES 20 ET 21

6

Les Caractères sont-ils un traité sur la nature humaine ?

▶ FICHES 20 ET 21

7

À quel(s) type(s) de texte faut-il rattacher la *Déclaration des droits de la femme et de la citoyenne* ?

▶ FICHE 22

8

Sur quoi l'efficacité argumentative du discours d'Olympe de Gouges repose-t-elle ?

▶ FICHE 22

RÉPONSES

Efforcez-vous de répondre aux questions par vous-même avant de consulter les réponses, puis révisez régulièrement pour bien mémoriser.

1

À travers le récit des aventures de Gargantua, de sa formation à ses prouesses chevaleresques, Rabelais **expose indirectement ses idées** en matière d'éducation ou encore de religion.

2

Le **comique** remplit plusieurs fonctions chez Rabelais : il allège le fardeau de l'existence, se moque des autorités illégitimes, et incite à la réflexion par des effets de grossissement ou de décalage.

3

Gargantua illustre plusieurs principes humanistes :

- les mérites d'une **éducation** équilibrée ;
- la valeur du **savoir** conçu comme source de sagesse ;
- la **confiance** mise en l'homme.

4

Les Caractères relèvent de l'**argumentation directe** : l'auteur y traite sans médiation des comportements et des travers humains, notamment dans ses portraits.

5

Le portrait illustre un « **type** » de caractère répertorié par le moraliste au sein de la nature humaine ; s'il tend vers la caricature, le portrait se fait **satire**, à la fois comique et mordante.

6

Le traité se caractérise par son exhaustivité et sa composition rigoureuse. La Bruyère **ne prétend pas tout dire** de l'homme mais en saisir les facettes les plus saillantes et contradictoires, sous une **forme fragmentée**.

7

Le texte d'Olympe de Gouges constitue d'abord un **pastiche** de la *Déclaration* de 1789 ; c'est aussi un **plaidoyer** en faveur de l'égalité entre hommes et femmes ; c'est enfin un **manifeste** avant l'heure (postambule).

8

Ce discours prend la forme d'un **texte juridique** composé de dix-sept articles ; ses arguments et exemples sont concrets et vérifiables ; les ressources de l'**art oratoire** y sont mises au service de la persuasion.

Les écritures narratives

25

☐ OK

Le terme *récit* englobe plusieurs genres qui correspondent à des formes d'écriture narrative différentes et qui dépendent étroitement du contexte historique et littéraire.

I Les genres du récit

Il existe un grand nombre de genres et sous-genres du récit. On peut les répartir en quatre grandes catégories :

- le **récit de fiction** dans lequel le narrateur (à ne pas confondre avec l'auteur) raconte une histoire fictive à la première ou à la troisième personne. Ce type de récit peut se présenter sous forme longue (roman) ou courte (nouvelle) ;
- les **écritures narratives à la première personne**, dans lesquelles le « je » qui raconte est en même temps le narrateur, l'auteur et le personnage principal (autobiographie, journal intime) ou témoin prenant une part importante à l'histoire (mémoires) ;
- la **littérature de voyage**, qui relate un voyage réellement effectué par l'auteur ;
- les **chroniques**, qui rapportent chronologiquement des événements du réel.

II Les caractéristiques de l'écriture narrative

1 La structure

Tout récit développe une intrigue qui a un début et une fin et se construit sur une **succession de péripéties**.

Le récit de fiction respecte généralement les **cinq étapes du schéma narratif** : la situation initiale ; l'élément perturbateur ; les péripéties ; le dénouement ; la situation finale.

> **Mot clé**
> L'**enchâssement** de récits secondaires peut venir complexifier la structure du récit principal.

Dans un roman, l'**incipit** introduit l'action, dresse le décor, donne le ton. Dans un récit non fictif, l'auteur crée un pacte de lecture, en énonçant plus ou moins clairement ses intentions (dire la vérité, relater des événements vécus, témoigner). Dans les deux cas, il s'agit d'instaurer une relation privilégiée avec le lecteur.

2 Les personnages

Le récit ne peut se passer de personnages, qu'ils soient fictifs ou réels.

- Dans un récit, les personnages tissent un réseau de relations. Le **schéma actantiel** en rend compte : le héros, ou sujet, cherche à atteindre un but, l'objet. Dans cette quête, il rencontre des aides, les adjuvants, et des obstacles, les opposants. La quête est commanditée par un émetteur, le destinateur, au bénéfice d'un destinataire qui juge de sa réussite ou de son échec.
- On peut aussi étudier les personnages selon un **système de valeurs**.

> **À noter**
> Certains personnages sont tellement associés à la **valeur** qu'ils représentent que leur nom devient un nom commun. Ex. : *C'est un vrai rastignac.* (= un arriviste, du nom du héros de Balzac).

III L'importance du contexte

- Les récits diffèrent en fonction de la **réalité historique** qui les voit naître. Mais ils ne donnent pas seulement à voir la réalité d'une époque, ils en proposent une **interprétation**.
- Ainsi, le voyageur dans la Lune de Cyrano de Bergerac, auteur français du XVIIe siècle, et les voyageurs interstellaires de Bradbury, auteur américain du XXe siècle, entreprennent un voyage bien différent : ils s'inscrivent dans des esthétiques distinctes et révèlent des interrogations humaines propres à leur époque respective.

L'ESSENTIEL

Les écritures narratives

Genres
- récit de fiction (roman, nouvelle)
- écriture narrative à la 1re personne (autobiographie, journal intime, mémoire)
- littérature de voyage, chroniques

Caractéristiques
- schéma narratif :
  1. situation initiale
  2. élément perturbateur
  3. péripéties
  4. dénouement
  5. situation finale
- schéma actanciel : sujet, objet, quête, adjuvants, opposants

Le récit, du Moyen Âge au XVIIIe siècle

26

☐ OK

Durant cette période, le récit connaît une grande évolution, de la chanson de geste au roman libertin, de la naissance du roman à l'anti-roman.

I Du Moyen Âge au XVIe siècle

1 Le Moyen Âge et la naissance du roman

- Le terme « roman » naît au XIIe siècle pour désigner un récit **écrit en langue romane**, et non plus en latin : il s'agit de **chansons de geste**, récits des aventures d'un chevalier.
- **Chrétien de Troyes** s'inspire de la légende du Graal et du cycle arthurien pour écrire cinq romans en vers, dont *Perceval ou le Conte du Graal* qui raconte la quête spirituelle du chevalier Perceval.

2 Le XVIe siècle : le récit au service de l'humanisme

L'esprit de **la Renaissance et de l'humanisme** s'exprime dans les trois grands romans de **Rabelais**, *Pantagruel, Gargantua* et *Le Tiers Livre.* Derrière le burlesque et les aventures extraordinaires de deux géants, le lecteur est amené à réfléchir sur la guerre, la religion, l'accès au savoir…

II Au XVIIe siècle

- Le **roman pastoral** (*L'Astrée* d'Honoré d'Urfé, 1607-1628) met en scène des bergers et des bergères dont les conversations reprennent celles des salons précieux.
- Le **roman héroïque et précieux** montre des héros idéalisés impliqués dans des épopées et intrigues complexes. *Artamène ou le Grand Cyrus* (1649-1653) de Georges et Madeleine de Scudéry en est l'illustration.

> **Mot clé**
>
> La **préciosité** se caractérise par un raffinement extrême du comportement et du langage.

- **Le roman baroque** foisonne d'exubérance et de rebondissements. On peut citer *L'Autre Monde ou les États et Empires de la Lune et du Soleil* (1657) de Cyrano de Bergerac, qui narre un voyage fantaisiste et philosophique dans la Lune et le Soleil.
- Le **roman réaliste et satirique** dresse le tableau des mœurs de l'époque. Il en va ainsi du *Roman comique* (1651-1657) de Paul Scarron.

- Le roman d'analyse décrit les variations de la passion et relève d'une esthétique classique, à l'image de *La Princesse de Clèves* (1678), récit bref qui oppose passion et raison à la cour du roi Henri II vers 1550. L'analyse psychologique du personnage en fait un roman moderne.

III Au XVIIIe siècle

1 Le récit à la première personne

- Le roman picaresque, hérité d'un genre né en Espagne au XVIe siècle, raconte les aventures d'un *picaro* (personne en marge de la société). Lesage écrit *Les Aventures de Gil Blas de Santillane* (1715) dont le héros voyageur part à la recherche d'aventures plus ou moins honnêtes.
- Le roman-mémoires donne la parole à des personnages de fiction qui racontent, à la première personne, les étapes de leur vie, et notamment leur ascension sociale (Marivaux, *Le Paysan parvenu*, 1735, et *La Vie de Marianne*, 1731-1741) ou leur déchéance (l'abbé Prévost, *L'Histoire de Des Grieux et de Manon Lescaut*, 1731).
- Le roman épistolaire croise la correspondance de plusieurs épistoliers fictifs : deux voyageurs persans dans les *Lettres persanes* de Montesquieu (1721), un couple de libertins et leurs « victimes » dans *Les Liaisons dangereuses* de Laclos (1782). L'absence de narrateur donne au récit une apparence d'objectivité.

2 L'anti-roman

Certains auteurs, tel Diderot dans *Jacques le fataliste* (1796), interrogent le genre romanesque pour le contester : on parle d'anti-roman. Le dialogue de Jacques et de son maître, sans cesse entrecoupé par des apostrophes au lecteur, rappelle l'illusion de la convention romanesque et empêche toute adhésion au récit.

L'ESSENTIEL

Du Moyen-Âge au XVIe siècle	Émergence du genre romanesque
XVIIe siècle	Préciosité, baroque et classicisme
XVIIIe siècle	Les écritures du « je » et l'esprit de provocation

Le récit au XIXe siècle

27

☐ OK

Romantique, réaliste ou naturaliste, le XIXe siècle est le siècle du roman.

I Les grands courants littéraires

1 Le temps du romantisme

- Le récit romantique met souvent en scène **un héros en conflit avec la société**, qui s'en exclut par l'exil, (*René*, Chateaubriand, 1801) ou par un caractère hors du commun (*Corinne*, Madame de Staël, 1807).
- Le héros romantique est le plus souvent un **être passionné** chez qui domine une souffrance intime qui s'exprime dans l'affirmation d'un **« je » omniprésent.**
- Le romantisme peut **s'inspirer de l'Histoire** : les troubles de 1789, les campagnes de Napoléon, le retour de la monarchie et ses épisodes révolutionnaires, fournissent une riche matière. *Les Misérables* (1862) de Victor Hugo lui donnent une **dimension sociale**.

2 Une réaction : le réalisme

- À la subjectivité du « je » romantique, le réalisme oppose la volonté d'observer et représenter le réel avec **objectivité**, scrutant la société et ses travers.
- Dans *La Comédie humaine* (1830-1856), **Balzac** dresse un panorama de la société de son temps en créant des personnages représentatifs de tous les milieux. Ceux de **Stendhal** sont pris dans l'histoire contemporaine (*Le Rouge et le Noir* est sous-titré *Chronique de 1830*). Ceux de **Flaubert** appartiennent à la bourgeoisie provinciale (*Madame Bovary*, 1857) ou parisienne (*L'Éducation sentimentale*, 1869).
- Les romans réalistes sont souvent **romans d'apprentissage**. Ils retracent des **destins individuels** de héros dans une société cruelle qui les refuse (Julien Sorel chez Stendhal), dont ils profitent (Bel-Ami chez Maupassant), ou dont ils ne comprennent pas le fonctionnement (Frédéric Moreau chez Flaubert).

> **Citation**
> « Un roman est un miroir qui se promène sur une grande route. Tantôt il reflète à vos yeux l'azur des cieux, tantôt la fange des bourbiers… » (Stendhal)

3 Une prolongation : le naturalisme

- Dans le prolongement du réalisme, le récit naturaliste, qui a pour chef de file **Émile Zola**, se veut le **compte-rendu méthodique et documenté** de la réalité sociale de la fin du siècle.
- Le romancier pose un **œil scientifique** sur son personnage qui devient le cobaye d'une expérimentation montrant que l'homme est déterminé par son contexte et son hérédité (*Le Roman expérimental,* Zola, 1893).

II Des influences transversales

1 Le rôle du progrès

Dès 1836, les journaux conquièrent un lectorat plus grand grâce à des **romans-feuilletons** (Dumas, Sue, Balzac, Zola). Industrialisation et découvertes **scientifiques** fournissent de la matière aussi bien aux **récits d'anticipation** de Jules Verne qu'aux romans naturalistes de Zola.

2 L'attrait pour le voyage

- Que ce soit pour découvrir un monde premier (Chateaubriand, *Atala*, 1801), un pays proche (Stendhal, *Chroniques italiennes*, 1855), ou un ailleurs exotique (Flaubert, *Salammbô*, 1862), les romans du XIXe siècle font voyager les lecteurs.
- Les écrivains publient leurs **carnets et récits de voyage** : *L'Itinéraire de Paris à Jérusalem* (Chateaubriand, 1811), *Voyage en Orient* (Nerval, 1851)...

3 Le goût du fantastique

Le goût du fantastique traverse le siècle : aussi bien dans la période romantique (romantisme noir), que dans le réalisme (Balzac, Maupassant, Gautier, Mérimée). Il s'incarne souvent dans le format de la **nouvelle**.

L'ESSENTIEL

Le récit au XIXe siècle

Les grands courants
- romantisme (Mme de Staël, Hugo)
- réalisme (Balzac, Flaubert, Maupassant)
- naturalisme (Zola)

Les influences transversales
- le progrès (Dumas, Sue, Zola, Verne)
- le voyage (Stendhal, Nerval)
- le fantastique (Gautier, Mérimée, Maupassant)

Le récit depuis le XXe siècle

28

☐ OK

Le XXe siècle remet en question les fondements et les codes du roman : le traitement de l'intrigue et du personnage romanesque est renouvelé.

I Un renouveau

1 Repenser le roman

- La vision subjective et le monologue intérieur renouvellent la forme du récit. Dans *À la Recherche du temps perdu* (1913-1927) de Proust, le personnage et son destin cèdent la place à un **« je » intériorisé**.
- Certains auteurs interrogent la forme même du roman. Ainsi, dans *Les Faux-monnayeurs* (1925), André Gide **met en abyme** le travail de l'écrivain par une construction complexe faite d'emboîtements d'intrigues et d'une multiplicité de points de vue.

2 Interroger le sens de l'existence

- Les romans prenant pour thème les **deux Guerres mondiales** révèlent un homme englué dans des événements qu'il ne maîtrise pas : c'est le cas de Bardamu chez Céline (*Voyage au bout de la nuit*, 1932).
- L'homme dans toute sa détresse et le **héros démythifié** se rejoignent dans les personnages clochardisés de Beckett (*Molloy*, 1951), incapables d'action dans un **monde dénué de sens**.
- Si les romans de Camus (*L'Étranger*, 1942), et de Sartre (*La Nausée*, 1938), sont porteurs du **sentiment de l'absurde**, d'autres s'interrogent sur la portée de l'**engagement** de l'homme dans le monde, comme *La Condition humaine* (Malraux, 1933) ou *La Peste* (Camus, 1947).

II Des expérimentations

1 Le Nouveau Roman

Dans les années 1950-1970, le Nouveau Roman **remet en cause les codes du roman**.

- **Sarraute** (*L'Ère du soupçon*, 1956) **refuse l'effet « trompe-l'œil »**, qui, sous prétexte de vouloir rendre le réel, détourne le lecteur de la « vérité profonde » de l'être.
- **Robbe-Grillet** (*Pour un nouveau roman*, 1963) refuse le personnage traditionnel et toute utilisation du réel comme support d'une intrigue.

- **Michel Butor** (*L'Emploi du temps*, 1956) se joue de la chronologie par de constants allers et retours entre le passé et le présent.

2 L'influence du surréalisme et de l'Oulipo

La vision surréaliste et le jeu avec les contraintes de l'Oulipo vivifient la création romanesque. André Breton (*Nadja*, 1928), Queneau (*Zazie dans le métro*, 1959), Boris Vian (*L'Écume des jours*, 1947), **poétisent le réel et se jouent des mots et de la langue.** Perec écrit un récit de 300 pages (*La Disparition*, 1969) sans utiliser la lettre *e*.

III Le mélange de genres

- L'**écriture autobiographique** reparaît mais dans des formes renouvelées : Nathalie Sarraute (*Enfance*, 1983) l'écrit sous forme de dialogue avec elle-même ; Georges Perec, (*W ou le souvenir d'enfance*, 1975) alterne une fiction écrite lors de son adolescence et le récit de son enfance écrit au présent.
- L'**autofiction,** hybride de roman et d'autobiographie, utilise la fiction pour accéder à la connaissance de soi. De nombreux auteurs s'y essaient, parmi lesquels Modiano avec *Dora Bruder* (1997).
- La **« non-fiction narrative »** tient à la fois du reportage, du documentaire et du récit romancé. *L'Adversaire* (1993), d'Emmanuel Carrère, récit d'un sinistre fait divers et du parcours de l'écrivain pour comprendre le criminel, en est un bon exemple.

> **Citation**
> « Depuis dix ans, on ne cesse de m'interroger sur la part de fiction qui entre dans mes livres. Or cette part de fiction, elle est nulle. » (Emmanuel Carrère)

L'ESSENTIEL

Le récit depuis le XIXe siècle

Renouveau
- interroger la forme du roman (Proust, Gide)
- interroger le sens de l'existence (Céline, Camus, Sartre)

Expérimentation
- Nouveau Roman (Sarraute, Butor)
- surréalisme, OuLiPo (Breton, Queneau, Vian)

Mélange des genres
- renouveau de l'autobiographie (Sarraute, Perec)
- autofiction (Modiano)
- « non-fiction narrative » (Carrère)

Analyser un extrait de récit

29

☐ OK

Après une première lecture, quelles sont les questions à se poser pour mieux comprendre un extrait de récit et dégager des axes d'analyse ?

I Situer et caractériser l'extrait

1 Quelle est la tonalité de l'extrait ?

Reconnaissez-vous une **tonalité dominante** (lyrique, comique, dramatique…) et des **procédés d'écriture** (choix du vocabulaire, syntaxe…) qui pourraient inscrire l'extrait dans un courant littéraire ou dans une époque ? Aidez-vous aussi des informations données par le paratexte.

2 Quelle est la fonction de l'extrait ?

- Déterminez le **rôle de l'extrait dans l'intrigue** : s'agit-il de faire avancer l'action (scène de rencontre, dialogue…) ou de donner des informations sur le cadre ou les personnages (flashback, description…) ?
- S'il s'agit du début du récit (**incipit**), vous devrez en tenir compte dans votre étude. Celui-ci joue en effet un **rôle spécifique** : il installe un cadre spatio-temporel, suggère une action à venir, ou présente un personnage.

> **Conseil**
> Essayez de **résumer l'extrait** en une phrase pour faire ressortir l'enjeu principal.

II Étudier la narration

1 Qui raconte ?

Le narrateur est **celui qui raconte** : il peut être **intérieur ou extérieur au récit**.

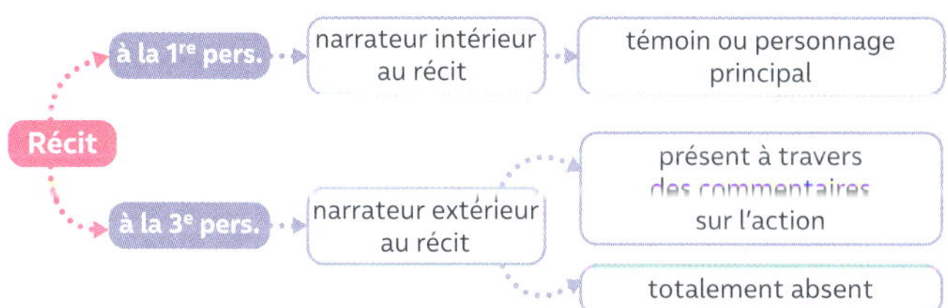

2 Quel est le point de vue du narrateur ?

Pour raconter l'histoire, le narrateur adopte un point de vue ou focalisation.

Focalisation externe	Le narrateur semble découvrir le personnage en même temps que le lecteur.
Focalisation zéro	Le narrateur est omniscient ; il connaît tout du personnage : son passé, son futur, ses pensées…
Focalisation interne	Le lecteur voit à travers le regard du personnage. Le narrateur s'efface pour laisser son personnage décrire, raconter…

III Analyser le traitement du temps

- Déterminez le moment de la narration par rapport au moment des faits. Le récit est souvent rétrospectif : les événements sont racontés au passé. Ils peuvent aussi être racontés au présent, au fur et à mesure de leur déroulement. Ils sont rarement racontés par anticipation avant leur déroulement effectif.

- Demandez-vous également si l'ordre chronologique est respecté ou s'il est perturbé par des analepses (retours en arrière) ou des prolepses (anticipation).

- Étudiez enfin le rythme du récit en comparant la durée des faits (F) et la durée de la narration (N). On distingue plusieurs cas de figures :
  - N = F (scène) ;
  - N > F (pause) ;
  - N < F (sommaire) ;
  - N = 0 (ellipse).

Exemple

Un dialogue constitue une **scène**, tandis qu'une description constitue une **pause**. Une indication comme « Trois années s'écoulèrent » est une **ellipse** et « Elle voyagea pendant plusieurs mois » un **sommaire**.

IV Analyser les personnages et le cadre

- Analysez les personnages et la manière dont ils sont présentés. Leur nom donne-t-il des informations (caractère, origine sociale, époque) ? Quels types de relations entretiennent-ils ? S'il s'agit d'un portrait, est-il physique et/ou moral, élogieux ou dépréciatif ?

- Les éléments du décor apportent-ils une information sur le personnage, sur celui qui décrit ? La description des lieux a-t-elle une valeur symbolique ou réaliste ?

Quiz EXPRESS

30

Avez-vous bien révisé les fiches 25 à 29 ? On vérifie !

Le récit

1 Le récit, du Moyen Âge au XVIIIe siècle

FICHE 26

Associez chaque auteur à son siècle.

a. Rabelais •	• Moyen Âge
b. Mme de La Fayette •	• XVIe siècle
c. Montesquieu •	• XVIIe siècle
d. Chrétien de Troyes •	• XVIIIe siècle

2 Le récit au XIXe siècle

FICHE 27

1. Associez chaque auteur au courant littéraire auquel il appartient.

a. Zola •	
b. Balzac •	• romantisme
c. Flaubert •	• réalisme
d. Hugo •	• naturalisme
e. Stendhal •	

2. Cochez les affirmations correctes.

☐ a. Le récit romantique est uniquement centré sur les malheurs d'un individu.

☐ b. Le récit réaliste prend le contrepied du récit romantique.

☐ c. Les romanciers réalistes refusent le fantastique.

3 Le récit depuis le XXe siècle

FICHE 28

1. Reliez chaque œuvre à son auteur.

a. *La Peste* •	• Malraux
b. *La Condition humaine* •	• Camus
c. *Nadja* •	• Breton

2. Cochez les affirmations correctes.

☐ a. Le Nouveau Roman s'inspire du roman réaliste.

☐ b. Le Nouveau Roman perturbe la chronologie linéaire.

☐ c. Le Nouveau Roman déconstruit le personnage traditionnel.

CORRIGÉS

1 Le récit, du Moyen Âge au XVIIIe siècle

a. Rabelais → XVIe siècle

b. Mme de Lafayette → XVIIe siècle

c. Montesquieu → XVIIIe siècle

d. Chrétien de Troyes → Moyen Âge

2 Le récit au XIXe siècle

1. a. Zola → naturalisme

b. Balzac → réalisme

c. Flaubert → réalisme

d. Hugo → romantisme

e. Stendhal → réalisme

2. **Réponses b et c.**
Si le récit réaliste, contrairement au récit romantique, s'inscrit dans le monde contemporain et s'attache à décrire le réel, cela n'empêche pas certains romanciers réalistes d'écrire des nouvelles fantastiques.

3 Le récit depuis le XXe siècle

1. a. *La Peste* → Camus

b. *La Condition humaine* → Malraux

c. *Nadja* → Breton

2. **Réponses b et c.**
Le Nouveau Roman refuse les codes du roman réaliste en perturbant la chronologie et en déconstruisant le statut des personnages.

Mme de Lafayette, *La Princesse de Clèves*

Parcours : Individu, morale et société

31

☐ OK

***La Princesse de Clèves*, nouvelle historique centrée sur une crise amoureuse dans un univers mondain, s'est imposée comme un chef-d'œuvre du récit d'analyse.**

I Connaître l'œuvre

1 L'auteur et le contexte

- Au XVIIe siècle, Mme de Lafayette renouvelle le genre du récit à travers l'esthétique de la **nouvelle historique**, toute de retenue et de sobriété.
- Mme de Lafayette publie dans l'**anonymat**. Très appréciées, ses œuvres soulèvent des débats éthiques sur **la vertu et la passion**, comme *La Princesse de Montpensier* (1662) et *La Princesse de Clèves* (1678).
- Familière des **salons** précieux et de la cour, Mme de Lafayette fait des milieux aristocratiques le cadre de ses récits, qui étudient la **passion amoureuse**.

> **Mot clé**
>
> La **préciosité** est un courant culturel et artistique du XVIIe siècle, qui régule la séduction et exprime les transports amoureux à travers une langue raffinée et métaphorique.

2 Résumé de l'œuvre

- À la cour des Valois, au XVIe siècle, l'aristocratie mène une vie fastueuse et divertissante. Mme de Chartres marie sa fille, **belle et vertueuse**, à **M. de Clèves**, qui en est éperdument amoureux et se désole de sa retenue. Lors d'un bal, la princesse et le duc de Nemours tombent amoureux ; mais elle cherche à fuir sa cour assidue.
- **Tiraillée entre la passion et la vertu**, la princesse avoue ses sentiments à son mari qui, jaloux, conçoit de faux soupçons ; il en meurt. Mme de Clèves, désormais libre, refuse cependant d'épouser Nemours et trouve son repos loin des dangers de la cour.

II Comprendre le parcours

1 La cour : un univers mondain et dangereux

- Derrière le raffinement et les divertissements, la cour est un **univers dangereux** qui impose ses exigences de modération, de galanterie, d'élégance. La façade mondaine cache bien des **intrigues** et des luttes d'influence. Il s'agit, comme pour le duc de Nemours, de dissimuler ce qui trahit les pensées, et de faire bonne figure.

- **La vertu des femmes est mise à l'épreuve** ; leurs écarts de conduite sont plus sévèrement punis que ceux des hommes.
- Dans la même veine, **l'hypocrisie de la bourgeoisie provinciale** étouffe Thérèse Desqueyroux (Mauriac, 1927), qui pour y échapper empoisonne son mari.

2 Passion et vertu

- La princesse de Clèves se démarque par l'éducation qu'elle a reçue et par ses dispositions singulières à la modestie et à la sincérité. Madame de Lafayette donne à voir une intériorité soumise à la pression du **regard public**. La société mondaine l'oblige à s'inscrire dans le cadre des convenances : ainsi, la princesse doit dissimuler sa passion pour le duc de Nemours.

> **À noter**
>
> Au XVIIe siècle, le **mariage aristocratique** n'est en rien fondé sur les sentiments : c'est une institution qui privilégie les alliances politiques ou patrimoniales.

- Au fil du récit, la princesse dépasse la contradiction, qui la déchire, entre amour incontrôlé et devoir, passion et vertu : elle choisit la **quiétude de la retraite**. Au contraire, dans *La Princesse de Montpensier* (1662), l'héroïne cède à sa passion pour le duc de Guise, qui finit pourtant par l'abandonner : elle meurt de chagrin, **punie d'avoir transgressé la vertu**.
- Le récit montre la difficulté des **choix moraux** dans un milieu qui menace l'individu, exposé aux dangers des passions.

> Les passions peuvent me conduire ; elles ne sauraient m'aveugler.
>
> *La Princesse de Clèves*, Quatrième partie

L'ESSENTIEL

La Princesse de Clèves, Mme de Lafayette (1678)

- **Genre :** nouvelle historique
- **Mouvement :** classicisme
- **Buts :** décrire le fonctionnement de l'amour, étudier la lutte entre vertu et passion

Stendhal, *Le Rouge et le Noir*

Parcours : Le personnage de roman, esthétiques et valeurs

32

☐ OK

Au XIXe siècle, le roman, en plein essor, s'impose comme le genre le mieux à même de dépeindre la complexité du monde et de l'individu. Incompris en son temps, *Le Rouge et le Noir* fustige la société de la Restauration et nous mène sur les pas d'un héros ambigu.

I Connaître l'œuvre

1 L'auteur et le contexte

- Stendhal naît dans une famille bourgeoise et royaliste. Il amorce une carrière militaire avant de se tourner vers l'écriture.
- Essayiste et romancier, il connaît des débuts difficiles, **entre réalisme et romantisme**. *Le Rouge et le Noir* est son **premier grand roman**, entre roman d'apprentissage, roman d'analyse et roman historique.

2 Résumé de l'œuvre

- L'intrigue se déroule sous la Restauration. **Julien Sorel**, fils de charpentier, se destine à une **carrière ecclésiastique**. Devenu précepteur des enfants de M. de Rênal, il séduit bientôt sa femme. Leur liaison éventée, Julien doit quitter la ville.

> **Mot clé**
> La **Restauration** (1814-1830) correspond au retour de la monarchie française, après la chute de l'Empire napoléonien.

- Il rentre au séminaire de Besançon, où il découvre la médiocrité des religieux. La protection de l'abbé Pirard lui permet d'être engagé à Paris comme secrétaire du marquis de la Mole : il découvre alors la **haute société** et amorce une relation secrète avec **Mathilde**, fille du marquis.
- Alors qu'il **touche aux plus hautes fonctions**, Mme de Rênal dénonce Julien : elle le décrit comme un ambitieux, dangereux et hypocrite. Julien la blesse au pistolet ; emprisonné, il s'aperçoit qu'il aime toujours cette femme. Il meurt **guillotiné**.

II Comprendre le parcours

1 Représenter la société telle qu'elle est

- Sous-titré « **Chronique de 1830** » et inspiré de faits divers, *Le Rouge et le Noir* s'inscrit dans les débuts du **mouvement réaliste**.

> Un roman est un miroir qui se promène sur une grande route. Tantôt il reflète à vos yeux l'azur des cieux, tantôt la fange des bourbiers de la route.
>
> Stendhal, *Le Rouge et le Noir*, II, 19

- *Le Rouge et le Noir* condamne la **société mesquine** de la Restauration. Le narrateur raille l'« asphyxie morale » de cette société à travers des **portraits moqueurs** et des **pointes ironiques**. Le recours au point de vue interne donne à voir le monde à travers la conscience des personnages.

2 Un roman d'apprentissage : de la charpente à l'échafaud

- Apprécié au XIXe siècle, le **roman d'apprentissage** présente le parcours d'un personnage jeune et naïf qui découvre le monde, souvent au prix de désillusions qui le font mûrir. Julien Sorel est confronté aux ressorts secrets de la politique. Dans *Le Père Goriot* de Balzac, Rastignac apprend comment réussir à Paris.
- Julien souffre d'un écart entre sa place dans la société et sa force d'âme.
- Calculateur et orgueilleux, Julien cache aussi une **âme passionnée et sensible** qui touche le lecteur. Emprisonné au seuil de son triomphe, il devient un autre homme en comprenant que sa « noire ambition » l'a égaré : c'est dans l'amour pour Mme de Rênal qu'il aurait pu s'accomplir.
- Julien est décrit comme « **l'homme malheureux en guerre contre toute la société** ». Dans *Bel-Ami* (1885) de Maupassant, Georges Duroy, parti de rien, triomphe. Étienne Lantier, héros du *Germinal* (1885) de Zola, organise la lutte des mineurs pour obtenir un avenir meilleur.

L'ESSENTIEL

Le Rouge et le Noir, Stendhal (1830)

- **Genre :** roman d'initiation
- **Mouvement :** entre romantisme et réalisme
- **Thèmes :** l'ascension et la chute de Julien Sorel sous la Restauration
- **Buts :** décrire avec férocité la société de l'époque

Verne, *Voyage au centre de la Terre*

Parcours : Science et fiction

33

☐ OK

Publié en 1864, *Voyage au centre de la Terre* est l'un des premiers romans de Jules Verne. Il s'appuie sur des connaissances minéralogiques et paléontologiques précises.

I Connaître l'œuvre

1 L'auteur et le contexte

- Jules Verne (1828-1905) est considéré comme un précurseur de la science-fiction. Il connaît le succès en 1863 avec *Cinq semaines en ballon* : c'est le début d'un cycle de 80 récits d'aventure (*Les Voyages extraordinaires*), nourris de ses voyages, de sa passion pour la mer et pour la science.
- C'est alors en Europe l'époque de la révolution industrielle : l'agriculture et les transports se modernisent, l'industrie se développe, et les découvertes scientifiques inspirent les romanciers.

> **Mot clé**
>
> La **science-fiction** est un genre narratif qui construit le récit sur des avancées scientifiques effectives ou envisageables dans un futur plus ou moins proche.

2 Résumé de l'œuvre

- Otto Lindenbrock, professeur de minéralogie à Hambourg, découvre dans un vieux manuscrit islandais un parchemin codé du XVIe siècle. Aidé de son neveu Axel, le narrateur, il parvient à le déchiffrer : l'alchimiste Arne Saknussemm y indique l'existence d'un chemin vers le centre de la Terre.
- Axel et le professeur, accompagnés du fidèle Hans, débutent leur expédition dans le cratère du Sneffels, en Islande. Ni les dangers, ni le manque d'eau, ni les doutes d'Axel n'arrêtent le professeur.
- Les aventuriers parviennent à une mer souterraine, et croisent des monstres marins en tentant sa traversée sur un radeau, mais un orage les ramène sur la rive. Ils parcourent alors une plaine d'ossements puis une forêt peuplée d'animaux préhistoriques.
- Ils s'engouffrent ensuite dans une galerie, bouchée par un rocher. En le faisant exploser, ils sont entraînés vers les profondeurs, puis repoussés à la surface par une éruption volcanique, pour atterrir sur les pentes du Stromboli, en Sicile.

II Comprendre le parcours

1 La science au cœur de la fiction

- Les sciences sont omniprésentes dans le récit et lui donnent un caractère didactique. Les personnages savants ne manquent jamais une occasion d'expliquer des phénomènes ou de discuter des théories.

Mot clé

La tonalité **didactique** vise à instruire le lecteur par un discours savant, bien construit, énonçant avec rigueur la vérité sur un sujet.

- Ces exposés scientifiques ne sont cependant pas dépourvus de poésie : les énumérations de noms de minéraux bercent le lecteur par leur musicalité, et le regard émerveillé d'Axel sur les cavités souterraines inspire des descriptions fascinantes.
- Dans *Voyage au centre de la Terre,* contrairement à la plupart des romans de science-fiction, la science ne permet pas une projection vers le futur, mais une plongée dans le passé.

2 La science comme moteur de la fiction

- À l'origine du voyage se trouve la remise en question d'une théorie physique, celle de la chaleur centrale de la Terre. La science est donc l'un des éléments déclencheurs de la quête des personnages, et lorsqu'ils rencontrent des difficultés, c'est l'esprit scientifique du professeur, avide de découvertes, qui permet de les dépasser.
- Pour Axel, le voyage scientifique est aussi un voyage initiatique. Peu audacieux au début du roman, il bénéficie de la gloire des découvertes de son oncle, et se trouve finalement digne d'épouser Graüben.

L'ESSENTIEL

Voyage au centre de la Terre, Verne (1864)

- **Genre :** roman d'aventures
- **Thèmes :** la science et le voyage
- **Tonalités :** didactique, épique
- **Buts :** divertir et instruire le lecteur

Dans ces mémoires fictifs, Marguerite Yourcenar convoque la figure historique d'Hadrien. Elle y fait le portrait d'un empereur romain antique et livre les méditations métaphysiques d'un vieil homme au seuil de la mort.

I Connaître l'œuvre

1 L'auteur et le contexte

- Marguerite Yourcenar (1903-1987), femme de lettres et de voyages, publie romans et nouvelles dès les années 1930. En 1939, elle s'installe aux États-Unis.
- Érudite et passionnée par les civilisations antiques, elle publie en 1951 un roman historique très documenté, *Mémoires d'Hadrien*, qui obtient un succès international.
- En 1980, elle est la première femme élue membre de l'Académie française.

Mot clé

Les **Mémoires** sont le récit qu'un personnage fait de sa propre vie, en mettant l'accent sur ses liens avec le contexte historique.

2 Résumé de l'œuvre

- Le roman se présente sous la forme d'une longue lettre écrite par l'empereur Hadrien après vingt ans de règne, au début du IIe siècle de notre ère. Il s'adresse à son petit-fils adoptif, Marc Aurèle, âgé de 17 ans, lui-même futur empereur romain.
- Hadrien, conscient de l'imminence de sa mort, souhaite mieux se connaître à travers le récit de sa propre vie.
- Il raconte ses années d'études et de formation entre l'Espagne, Rome et Athènes, puis son engagement militaire dans l'armée du Danube. Après avoir succédé à Trajan, il s'efforce de ramener la paix au sein de l'Empire romain.
- La répression de la révolte en Judée affaiblit l'empereur vieillissant. Après avoir choisi pour successeur Lucius, qui meurt soudainement, il se replie sur le vertueux Antonin. Malade, Hadrien envisage le suicide, avant d'y renoncer : il attend désormais patiemment la mort.

II Comprendre le parcours

1 Se raconter soi-même

- Le narrateur peut recourir à la première personne pour raconter sa propre vie.
- Dans ces **mémoires fictifs**, il pose un regard lucide sur **ses réussites et ses échecs**. Hadrien vante ainsi les villes qu'il a fondées et la sagesse de ses lois, tout en reconnaissant certaines erreurs de jugement. Sous la plume de Prévost, le chevalier des Grieux raconte les **tourments de sa passion** pour Manon (*Manon Lescaut*, 1731).
- En tant qu'empereur romain, Hadrien est aussi un **témoin privilégié de son époque**. Dans *La mort est mon métier* (1952), Robert Merle imagine les mémoires du commandant du camp d'Auschwitz afin de montrer l'horreur du génocide à travers le regard d'un criminel nazi.

2 La difficile connaissance de soi-même

- Hadrien éprouve la **difficulté de se connaître soi-même**, qui nécessite les mouvements contradictoires d'une « descente en soi » et d'une « sortie hors de soi-même ».
- Trouver la **vérité de son être** n'est pas chose aisée. Hadrien renonce à trouver une **unique vérité** : l'homme, « étrange amas de bien et de mal », est un être insaisissable, toujours **pétri de contradictions**. Il est « *Varius multiplex multiformis* » : « varié, complexe, changeant ».

> **Citation**
> « J'emploie ce que j'ai d'intelligence à voir de loin et de plus haut ma vie, qui devient alors la vie d'un autre. » (*Mémoires d'Hadrien*)

L'ESSENTIEL

Mémoires d'Hadrien, Yourcenar (1951)

- **Genre :** roman historique, mémoires fictifs
- **Mouvement :** tradition romanesque classique, humanisme moderne
- **Thème :** le récit de la vie de l'empereur Hadrien

Sarraute, *Enfance*

Parcours : Récit et connaissance de soi

35

☐ OK

Publié en 1983, *Enfance* est un récit autobiographique. Nathalie Sarraute y raconte les premières années de sa vie dans un dialogue où une deuxième voix vient interroger la narratrice pour garantir l'authenticité du souvenir.

I Connaître l'œuvre

1 L'auteur et le contexte

- Née en 1900 à Ivanovo et morte à Paris en 1999, Natalia Ilinitchna Tcherniak a grandi entre la France et la Russie, partagée entre ses parents divorcés. C'est l'une des grandes figures du Nouveau roman, dont elle expose les principes dans son essai *L'Ère du soupçon* (1956).

> **Mot clé**
>
> Mouvement littéraire des années 1950-60, **le Nouveau roman** remet en question les notions de personnage et d'intrigue du roman traditionnel.

- *Enfance* évoque les années qui précèdent la Première Guerre mondiale.
En France, c'est la Belle Époque, une période de prospérité, assombrie par l'esprit de revanche qui subsiste contre l'Allemagne.
En Russie, le climat est tendu : le régime du tsar Nicolas II est menacé, et l'Okhrana, sa police politique secrète, traque les révolutionnaires.

2 Résumé de l'œuvre

- Natacha, surnommée Tachok, vit d'abord à Paris puis à Saint Pétersbourg avec sa mère et le nouvel époux de celle-ci, Kolia ; elle passe ses vacances avec son père, en France ou en Russie. Elle évoque des anecdotes, ses peurs d'enfant, sa fascination pour les mots, les « idées » saugrenues qui surgissent dans son esprit…
- Puis Nathalie revient vivre à Paris, chez son père et sa nouvelle épouse Véra. Les relations avec cette dernière sont difficiles, notamment après la naissance d'une petite sœur, Lili, qui fait l'objet de favoritisme.
- Nathalie s'épanouit cependant à l'école communale, où ses talents d'écrivain se révèlent. Le récit s'achève au moment où elle entre au lycée Fénelon.

II Comprendre le parcours

1 Récit et dialogue

- Pour Nathalie Sarraute, le récit bien organisé est suspect ; c'est un artifice littéraire qui ne permet pas d'appréhender avec justesse la **matière floue du souvenir.** Son autobiographie prend donc la forme d'un **dialogue**.

> **Mot clé**
> L'**autobiographie** est un récit de vie où l'auteur, le narrateur et le personnage sont une seule et même personne.

- La première voix raconte les souvenirs d'enfance. Elle est sans cesse interrompue et questionnée par une seconde voix, plus critique, qui pousse la narratrice à préciser les événements, à analyser ses émotions et à corriger les inexactitudes. Ce **dédoublement** est nécessaire pour parvenir à la vérité.

2 Saisir l'insaisissable

- Dans ses ouvrages, Nathalie Sarraute s'intéresse aux « **tropismes** » :

> Ce sont des mouvements indéfinissables, qui glissent très rapidement aux limites de notre conscience ; ils sont à l'origine de nos gestes, de nos paroles, des sentiments que nous manifestons, que nous croyons éprouver et qu'il est possible de définir.
>
> Nathalie Sarraute, *Tropismes*, 1939.

En relatant des anecdotes de son enfance, la narratrice plonge au cœur de ces phénomènes et met en évidence **les émotions vives** qui se dégagent de **micro-événements**.

- Le récit autobiographique met ainsi en évidence **la complexité des relations humaines** : la distance qui se creuse entre Nathalie et sa mère, la froideur de Véra, la complicité avec son père...
- Enfin, la plongée dans le passé permet à la narratrice de revenir **aux sources de sa vocation d'écrivain**. Ses souvenirs révèlent son amour des mots et de l'écriture.

L'ESSENTIEL

Enfance, Sarraute (1983)

- **Genre :** récit autobiographique
- **Mouvement :** Le Nouveau roman
- **Buts :** évoquer avec justesse des souvenirs d'enfance, reconstituer le travail de la mémoire

Quiz EXPRESS 36

Avez-vous bien révisé les fiches 31, 32 et 34 ? On vérifie !

Les romans au programme en 1re générale

1 *La Princesse de Clèves* de Mme de Lafayette

FICHE 31

Cochez la ou les bonne(s) réponse(s).

1. Quels éléments trahissent la passion du duc de Nemours ?

☐ a. une lettre ☐ b. un portrait volé ☐ c. une bague

☐ d. ses couleurs pour le tournoi

2. Pourquoi la princesse refuse-t-elle, à la fin du livre, d'épouser Nemours ?

☐ a. parce qu'elle ne l'aime plus

☐ b. par devoir envers son défunt mari

☐ c. parce qu'il l'a trompée avec une autre femme

☐ d. pour préserver son repos

2 *Le Rouge et le Noir* de Stendhal

FICHE 32

Cochez la ou les bonne(s) réponse(s).

1. Quels personnages apportent leur aide à Julien ?

☐ a. L'abbé Pirard ☐ b. Fouqué

☐ c. Mathilde de la Mole ☐ d. L'abbé Frilair

2. Quels sont les modèles auxquels se réfère Julien ?

☐ a. Harpagon ☐ b. Dom Juan

☐ c. Tartuffe ☐ d. Napoléon Bonaparte

3 *Mémoires d'Hadrien* de Yourcenar

FICHE 34

Cochez la ou les affirmation(s) correcte(s).

☐ a. Acilius Attianus est le tuteur d'Hadrien.

☐ b. Hadrien mène la guerre contre Vercingétorix.

☐ c. Antinoüs meurt assassiné.

CORRIGÉS

1 *La Princesse de Clèves* de Mme de Lafayette

1. Réponses b et d. Nemours dérobe le petit portrait de Mme de Clèves qui appartient à son mari, estimant que ce dernier a déjà la chance d'être aimé ! Lors d'un tournoi donné par le roi, Nemours opte pour les couleurs noire et jaune – le jaune étant la couleur préférée de Mme de Clèves.

2. Réponses b et d. Mme de Clèves se sent responsable de la mort de son mari, emporté par une jalousie sans remède ; elle estime lui devoir fidélité malgré sa disparition. Elle aspire également au repos, qui lui semble incompatible avec la passion amoureuse.

À noter

Pour exprimer son amour en évitant le scandale, le duc de Nemours utilise une « communication oblique », qui passe notamment par les objets.

2 *Le Rouge et le Noir* de Stendhal

1. Réponses a, b et c. L'abbé Pirard se prend d'amitié pour Julien au séminaire et le présente au marquis de la Mole, dont il deviendra secrétaire. Fouqué, l'ami de Julien, lui propose une carrière dans le commerce du bois et serait prêt à sacrifier sa fortune pour le sauver de la guillotine. Mathilde de la Mole multiplie les démarches pour qu'il ait la vie sauve – en vain.

2. Réponses b, c et d. Julien, tel Dom Juan, cherche à jouer les séducteurs auprès de diverses femmes. Son hypocrisie et son état de prêtre le rapprochent de Tartuffe, dont il connaît bien le rôle. Napoléon, enfin, est l'idole de Julien depuis son enfance ; comme lui, parti de rien, il rêvait d'une carrière militaire prestigieuse.

À noter

Sous la Restauration, Napoléon Ier enthousiasme la jeunesse, avide de se tailler elle aussi une place glorieuse dans une société qui, pourtant, ne le permet plus. Ce n'est qu'en toute fin de roman que Julien renie son modèle, au profit d'autres valeurs.

3 *Mémoires d'Hadrien* de Yourcenar

Réponse a. Acilius Attianus, tuteur d'Hadrien, joue un rôle déterminant lors de l'accès de celui-ci au pouvoir impérial. C'est César qui mena la guerre contre Vercingétorix ; Antinoüs se suicide.

Quiz EXPRESS

37

Avez-vous bien révisé les fiches 31, 33 et 35 ? On vérifie !

Les romans au programme en 1re techno

1 *La Princesse de Clèves* de Mme de Lafayette ▶ FICHE 31

1. La princesse de Clèves rencontre le duc de Nemours :

☐ a. au cours d'un tournoi.

☐ b. au cours d'un bal.

☐ c. au cours d'un dîner.

2. Pourquoi refuse-t-elle d'épouser Nemours à la fin du livre ?

☐ a. parce qu'elle ne l'aime plus.

☐ b. par devoir envers son défunt mari.

2 *Voyage au centre de la Terre* de Jules Verne ▶ FICHE 33

1. Jules Verne est considéré comme un précurseur :

☐ a. de l'astrologie.

☐ b. du fantastique.

☐ c. de la science-fiction.

2. Dans *Voyage au centre de la Terre*, Jules Verne :

☐ a. fait une plongée dans le passé.

☐ b. explore l'avenir.

☐ c. analyse le présent.

3 *Enfance* de Nathalie Sarraute ▶ FICHE 35

Cochez les affirmations correctes.

☐ a. *Enfance* appartient au courant littéraire du Nouveau Roman.

☐ b. *Enfance* appartient au courant littéraire du surréalisme.

☐ c. Dans *Enfance*, Nathalie Sarraute mêle réalité et fiction.

☐ d. *Enfance* est construit comme un dialogue.

☐ e. *Enfance* évoque les années 1960.

☐ f. *Enfance* évoque la Belle Époque.

CORRIGÉS

1 *La Princesse de Clèves* de Mme de Lafayette

1. **Réponse b.** Le bal est un moment fort du roman : la princesse de Clèves et le duc de Nemours éprouvent un véritable coup de foudre.

2. **Réponse b.** La princesse de Clèves reste ainsi un modèle de vertu pour le lecteur.

2 *Voyage au centre de la Terre* de Jules Verne

1. **Réponse c.** Les intrigues des romans de Jules Verne s'appuient sur des théories scientifiques pour imaginer des aventures étonnantes.

2. **Réponse a.** Les strates minéralogiques découvertes par les personnages au cours de leur voyage retracent l'évolution de la planète depuis les temps préhistoriques.

3 *Enfance* de Nathalie Sarraute

Réponses a, d et f. Adulte, Nathalie Sarraute est l'une des grandes figures du Nouveau Roman dans les années 50-60, mais *Enfance* raconte ses premières années, pendant la Belle Époque.

À noter

Ne confondez pas l'époque du récit avec celle de sa rédaction.

Le genre théâtral

38

☐ OK

Étymologiquement, le mot *théâtre* renvoie à l'action de regarder. Dès l'Antiquité, il est conçu comme un spectacle qui requiert des acteurs pour endosser les rôles écrits par le dramaturge.

I Le texte de théâtre

Le texte de théâtre est principalement composé des paroles des personnages effectivement prononcées sur scène (les **répliques**). Il comprend également les indications silencieuses (les **didascalies**, souvent signalées par une typographie particulière).

1 Une situation d'énonciation particulière

- On parle de **double énonciation** car :
  - l'auteur et le personnage qui parle sont simultanément énonciateurs ;
  - le personnage s'adresse aux autres personnages comme aux spectateurs.
- L'**illusion théâtrale** repose sur l'acceptation par le public de conventions dramatiques : il accepte de croire à ce qui se passe sur scène même s'il sait que tout est faux (personnages, décors, intrigue…).

2 Les différents types de répliques

Analyser le type de répliques permet notamment de caractériser les relations entre les personnages.

- Brève, la réplique prend le nom de **repartie**. La **tirade**, elle, se singularise par sa longueur et affiche souvent une dimension argumentative.
- La **stichomythie** institue un dialogue où les personnages se répondent vers par vers et met en valeur débats d'idées et conflits affectifs.
- Le **monologue** met en scène un personnage seul, délibérant avec lui-même.
- L'**aparté**, constitué de propos que le personnage tient pour lui-même à l'insu des autres, peut prendre la forme d'une adresse au public.

3 La structure d'une pièce

- Une pièce est traditionnellement découpée en **actes** ; ceux-ci sont divisés en **scènes**, rythmées par les entrées et sorties des personnages.

- Trois temps forts s'enchaînent en général :
  - l'exposition, qui permet de présenter l'action et ses protagonistes ;
  - le nœud, où le conflit initial, nourri de péripéties, a pris sa pleine mesure ;
  - le dénouement, au dernier acte a pour fonction de liquider le conflit.

Mot clé

Les **péripéties** désignent les épisodes de l'action. Brutales, elles prennent le nom de coups de théâtre ; si elles viennent relancer l'action, on les appelle rebondissements.

II Du texte à la représentation

Écrit par le dramaturge, le texte de théâtre est co-créé par les artistes qui permettent sa représentation sur scène.

1 La mise en scène

- Elle est l'œuvre du metteur en scène qui dirige la transformation du texte en spectacle. Cette fonction, qui n'a pas toujours existé, est aujourd'hui jugée cardinale.
- C'est la mise en scène, en effet, qui apporte à la pièce sa dimension visuelle que les didascalies du texte — si abondantes soient-elles — ne peuvent suffire à suggérer. Par ses choix, le metteur en scène nous livre sa lecture de la pièce.

2 L'incarnation des personnages

- Les comédiens sont chargés d'incarner les êtres de fiction que sont les personnages définis, dans la pièce, par leurs paroles.
- L'interprétation qu'ils donnent de leur personnage — et qui se traduit par un ton, une gestuelle, des mouvements — est essentielle dans la perception du sens de la pièce par le spectateur.

L'ESSENTIEL

Le texte de théâtre →

- **Situation d'énonciation**
  - double énonciation
  - illusion théâtrale
- **Type de répliques**
  répartie, tirade, stichomythie, monologue, aparté...
- **Structure**
  - actes, scènes
  - exposition → nœud, péripéties → dénouement

Le théâtre au XVIIe siècle

39

☐ OK

Au milieu du XVIIe siècle, l'esthétique classique consacre la tragédie et la comédie en les ramenant aux règles strictes de la dramaturgie antique.

I Le théâtre baroque

Le théâtre baroque affirme une grande liberté et promeut des formes nouvelles.

- La tragi-comédie convie à un spectacle que ne contraint nul précepte formel : les actions nombreuses et surprenantes se soucient peu de vraisemblance, comme c'est le cas dans *Le Cid* de Corneille.
- La pastorale plonge le spectateur dans le monde idyllique des amours chastes.
- La tragédie prend le nom de « poème dramatique » en référence aux longues tirades qui s'y enchaînent.

II Le théâtre classique

1 L'esthétique classique

Une pièce classique est traditionnellement découpée en actes, interrompus par des entractes et divisés en scènes que rythment les entrées et les sorties des personnages. En cours dès 1640, l'esthétique classique repose sur différents codes et règles inspirés de la *Poétique* d'Aristote.

- La règle des trois unités impose :
  - l'unité de temps : l'action de la pièce doit se dérouler dans la limite de vingt-quatre heures ;
  - l'unité de lieu : l'action doit se déployer dans un lieu unique (antichambre d'un palais, salon d'une demeure…) ;
  - l'unité d'action : l'action doit se concentrer autour d'une intrigue principale à laquelle peuvent se soumettre des intrigues secondaires.
- La bienséance désigne un ensemble de règles qui garantissent le respect de la sensibilité esthétique et morale du public ; le sang ni la mort ne peuvent se représenter sur scène.
- La vraisemblance renvoie à la crédibilité de l'action : les évènements et les situations doivent paraître possibles dans la réalité.

2 La tragédie

Aristote définit la tragédie comme imitation d'actions propres à inspirer terreur et pitié au spectateur. Elle se caractérise par :

- des personnages de haut rang ;
- un sujet noble, emprunté à la mythologie ou à l'Histoire ;
- un dénouement généralement malheureux ou funeste avec la mort du héros ;
- ses fonctions : plaire, émouvoir et provoquer la catharsis.

> **Mot clé**
> La **catharsis** désigne chez Aristote la purgation des passions. Elle prévient *l'hybris* définie comme la démesure dont se rend coupable celui qui outrepasse sa condition d'humain.

Corneille et Racine sont les éminents représentants du théâtre tragique au XVIIe siècle : le premier fait incarner à ses personnages des valeurs héroïques tel Auguste dans *Cinna* ; le second s'intéresse davantage à la faiblesse humaine et aux passions rendues sensibles par la pureté du style comme dans *Phèdre*.

3 La comédie

La comédie est l'imitation du ridicule des hommes. Elle se caractérise par :

- des personnages issus de la bourgeoisie ou de catégories plus modestes ;
- des sujets empruntés au quotidien ;
- un dénouement heureux qui prend souvent la forme d'un mariage ;
- ses fonctions : faire rire le spectateur pour le corriger de ses travers.

Molière incarne à lui seul le théâtre comique au XVIIe siècle : de la farce avec *Les Fourberies de Scapin* à la grande comédie telle *Le Misanthrope*, qui fustige l'hypocrisie des rapports sociaux, en passant par la comédie de caractère comme *Le Malade imaginaire*, qui donne le spectacle de l'hypocondrie d'Argan.

L'ESSENTIEL

Le théâtre baroque →
- tragi-comédie
- pastorale
- tragédie

Le théâtre classique →
- tragédie (Corneille, Racine)
- comédie (Molière)

Le théâtre aux XVIIIe et XIXe siècles

40

OK

Pour dépasser l'opposition entre la tragédie et la comédie, les dramaturges ont, dès le XVIIIe siècle, inventé un troisième genre, celui du drame. Il devient, au début du XIXe siècle, l'une des expressions de la révolution romantique.

I Le siècle des Lumières : un théâtre en transition

1 Entre permanence...

- Au XVIIIe siècle, le théâtre s'écrit en référence au classicisme : la tragédie reste l'étalon. Cependant, les auteurs comme Voltaire adaptent ce genre ancien aux combats philosophiques de leur temps.
- La comédie, de son côté, creuse le sillon dessiné par Molière : Marivaux, dans *Les Fausses Confidences*, reprend le personnage du valet rusé et, dans *L'Île des esclaves*, s'inspire de la *commedia dell'arte* pour affiner le comique moliéresque.

Mot clé

La ***commedia dell'arte*** désigne un genre de théâtre comique né en Italie au XVIe siècle, où des acteurs improvisent, masqués, à partir de canevas déterminés et de rôles définis.

2 ... et renouveau

- Face à la lassitude des spectateurs, un nouveau modèle dramatique apparaît, sous l'impulsion de Beaumarchais avec *Le Mariage de Figaro* et de Diderot dans *Le Fils naturel*, qui prend le nom de « comédie sérieuse » ou « drame bourgeois ».

Mot clé

Pièce en prose, le **drame bourgeois** se donne comme un intermédiaire entre la comédie et la tragédie. Elle donne le primat au vrai sur le vraisemblable et vise à instruire le spectateur en suscitant son émotion.

- Dans ce type de pièce, les personnages sont contemporains du public et se définissent avant tout par le statut qu'ils occupent à la fois dans la société et au sein de la famille.
- S'éloignant des intrigues historiques et politiques des tragédies, le théâtre entre dans l'intimité familiale et plante ses décors dans des intérieurs bourgeois.
- Le registre verse dans le pathétique : l'auteur cherche à susciter la compassion et à enseigner la vertu au spectateur.

II Le XIXe siècle : révolutions théâtrales

1 Le drame romantique

- Le drame romantique remet en question la définition stricte des genres issue du classicisme. En 1830, *Hernani* de Victor Hugo, donne ainsi lieu à une véritable bataille entre les partisans du théâtre classique et ceux du théâtre romantique.
- Le drame romantique se caractérise par :
  - sa **liberté de création** qui s'affranchit des règles de temps et de lieu ;
  - sa volonté de **mélanger les genres** et les registres en proposant une alliance de « grotesque » et de « sublime », en miroir de la vie humaine ;
  - son souci d'**ancrer la scène dans la temporalité historique** en évoquant des détails caractéristiques d'une « couleur locale » ;
  - le choix de **héros passionnés**, persévérants en dépit de la fatalité.

2 L'après-romantisme

- À la fin du XIXe siècle, le drame symboliste se distingue de ceux, bourgeois ou romantique, qui l'ont précédé : il se fonde sur une certaine **indétermination temporelle**, privilégie les **atmosphères mystérieuses** et se rapproche, par son art de la suggestion, de la poésie.
- Sur la même période, un **théâtre « de boulevard »** voit le jour sous la plume de **Labiche et Feydeau** : des comédies satiriques, anciennement appelées vaudevilles, mêlent quiproquos bouffons, situations grivoises et parfois chansons pour le seul plaisir des spectateurs.
- L'**avant-garde provocatrice** incarnée par **Alfred Jarry** et son *Ubu Roi* (1896) renverse les codes du théâtre, préfigurant les grands bouleversements du XXe siècle. *Ubu Roi* raconte en effet, sur un mode outrancier, les tribulations d'un dictateur grotesque qui impose à ses sujets un régime qui s'apparente aux totalitarismes à venir.

L'ESSENTIEL

XVIIIe siècle	**Un théâtre en transition** ▸ tragédie et comédie ▸ drame bourgeois
XIXe siècle	**Des révolutions théâtrales** ▸ drame romantique ▸ théâtre de boulevard, avant-garde

Le théâtre aux XXe et XXIe siècles

41

☐ OK

En tournant le dos à la tradition, la dramaturgie contemporaine s'interroge sur son propre fonctionnement et s'attache à rendre compte des désordres de l'Histoire.

I Le théâtre à l'épreuve des deux Guerres mondiales

1 La réécriture des mythes antiques

Les **mythes antiques** sont **revisités** par les dramaturges à la lumière des épisodes marquants du siècle : Cocteau avec *La Machine infernale* (1934), Giraudoux avec *Electre* (1937) et Anouilh avec *Antigone* (1944) livrent, sur un mode humoristique et anachronique, une **méditation sur la condition humaine.**

2 Les dramaturges engagés

- Philosophe existentialiste, **Jean-Paul Sartre** incarne dans ses pièces les concepts clés de sa pensée : le rapport à l'Autre et la **responsabilité de chacun** vis-à-vis de ses propres actes se trouvent littéralement dramatisés dans *Huis clos* (1944), par exemple.
- Fondateur de la philosophie de l'Absurde, qui procède du sentiment d'une existence injustifiée, **Albert Camus** réfléchit par la voix de ses personnages au drame de l'individu et leur fait jouer la **révolte**, seule issue à l'épreuve du non-sens, comme dans *Les Justes* (1949).

3 Le théâtre de l'Absurde

- À partir des années 1950, le sentiment de l'Absurde gagne non seulement les thèmes du théâtre mais également ses formes. Entérinant une crise majeure des valeurs issues du rationalisme et de l'humanisme, le Nouveau Théâtre met en scène le problème de **l'incommunicabilité** entre les êtres et de la cruauté des rapports humains.
- L'action se réduit alors à la seule expression, soutenue par la **mise en scène**. Dans *Pour un oui ou pour un non* de N. Sarraute, l'action se nourrit de tout ce que ne dit pas le dialogue, de tous les sous-entendus de la parole, de toutes les tensions cachées sous les mots.

À noter

L'expression « **Nouveau Théâtre** » est une référence au mouvement du Nouveau Roman qui proposait de renouveler les codes de l'écriture romanesque en rupture avec le réalisme. ▶ FICHE 28

- Le **langage des corps** se substitue souvent à la parole, qui apparaît comme vaine. Ainsi, dans *Rhinocéros* de Ionesco, la transformation progressive des personnages en pachydermes manifeste l'échec du discours rationnel.
- Le décor, les objets, l'inscription physique des comédiens dans l'espace, et plus largement la **scénographie**, prennent une place décisive en raison même de la mise en question de la parole et du sens. Chez Beckett, les didascalies prescrivent les moindres gestes, déplacements, mimiques, qui pourraient s'apparenter à des notes de mise en scène.

II Le théâtre au XXIe siècle

- Au XXIe siècle, le théâtre poursuit ses **réflexions métaphysiques sur le langage et les rapports humains** en proposant de nombreuses mises en scènes de B.-M. Koltès (*La Solitude dans les champs de coton*, 1987) ou encore de J.-L. Lagarce (*Juste la fin du monde*, 1990). Il affirme aussi sa dimension spectaculaire, comme en témoignent les mises en scène que W. Mouawad a données de son œuvre (*Incendies*, 2003).
- Échappant aux dramaturges, **le théâtre devient l'affaire des metteurs en** scène qui puisent dans le répertoire légué par les siècles passés et le revisitent : Ariane Mnouchkine et sa troupe proposent ainsi depuis plus de quarante ans une nouvelle forme de création dramatique au Théâtre du Soleil, inspirée des formes antiques et nourrie d'influences étrangères.

L'ESSENTIEL

Le théâtre à l'épreuve des deux guerres mondiales →

Réécriture et engagement
- réécriture des mythes antiques (Cocteau, Giraudoux, Anouilh)
- dramaturges engagés (Sartre, Camus)
- théâtre de l'Absurde (Sarraute, Ionesco, Beckett)

Le théâtre au XXIe siècle →

Une scénographie renouvelée
- poursuite des réflexions métaphysiques (Koltès, Lagarce)
- dimension spectaculaire (Mouawad)
- nouvelles formes de création (Théâtre du Soleil)

Analyser un extrait de théâtre

42

☐ OK

Après une première lecture, quelles sont les questions à se poser pour mieux comprendre une scène de théâtre et dégager des axes d'analyse ?

I Caractériser l'extrait

1 Quelle est la fonction de la scène ?

- Appuyez-vous sur le paratexte ou les didascalies pour **situer le passage dans l'économie générale de la pièce** : se trouve-t-on dans l'exposition ? au cœur de l'intrigue ? au dénouement ?

> **Mot clé**
> **L'économie** d'une œuvre désigne sa structure et l'organisation interne de ses parties.

- Identifiez **l'enjeu de la scène sur le plan dramatique** : est-elle collective ? Fait-elle avancer l'action ? Apporte-t-elle un éclairage psychologique nouveau sur un personnage ? Est-elle le lieu d'un affrontement, d'une méprise ?
- S'il s'agit d'un **monologue**, déterminez **sa fonction** : informatif ou lyrique, il marque une pause dans l'action ; délibératif, il crée une tension dramatique.

2 Quelle est la forme de la scène ?

- Le texte est-il en vers ou en prose ? Combien de personnages parlent ? Quel est le type de répliques utilisé ?
- Dans le cas d'un dialogue, pensez à analyser :
  - son organisation (répartition de la parole) ;
  - son contenu (conflit, débat, déclaration amoureuse…) ;
  - **l'enchaînement des répliques** (rapide, laborieux, fluide, illogique)…

II Analyser la scène selon son genre

1 S'il s'agit d'une scène de tragédie

- Thèmes récurrents :
  - **la fatalité**, force supérieure face à laquelle le héros ne peut rien ;
  - **les passions et leurs conséquences destructrices** qui anéantissent la volonté humaine et se traduisent pas une souffrance tant morale que physique.

- Visée : inspirer de la crainte et de la pitié au spectateur ; susciter de la compassion pour le sort des personnages (tonalité pathétique).

2 S'il s'agit d'une scène de comédie

- Éléments récurrents :
  - situations du quotidien (tromperie, fâcherie, travestissement, mariage...) ;
  - personnages-types : ingénue, servante rusée, valet entremetteur, vieux barbon...
- Ressorts comiques : comique de situation, de caractère, de gestes, de mots.
- Visée : faire rire, tourner en dérision les défauts des personnages ou les vices de la société pour amener le public à les désapprouver et à se corriger.

3 S'il s'agit d'une scène du théâtre de l'Absurde

- Thèmes récurrents :
  - l'absence de progression de l'action : absence d'exposition, de nœud et de dénouement, impression d'éternelle répétition ;
  - la contestation de la notion de personnage : protagonistes sans consistance, interchangeables et parfois anonymes, dénués de psychologie cohérente.
- Visée : donner à réfléchir et susciter la pitié du spectateur devant l'impossible communication et la déchéance humaine.

III Étudier les personnages

- Prenez appui sur les didascalies pour déterminer la posture des personnages : costumes, gestuelles, mimiques, tons...
- Interrogez-vous sur le rôle des personnages dans l'action : quelle place occupent-ils dans l'intrigue ? Sont-ils adjuvants ou opposants ?
- Étudiez leur parole : que révèle-t-elle de leur personnalité ? de leur groupe social ? Dans quelle mesure véhicule-t-elle la pensée du dramaturge ?

IV Imaginer la mise en scène

- Appuyez-vous sur les indications scéniques. Déduisez du dialogue théâtral les gestes et les déplacements des personnages, leur manière d'être et de parler, leur attitude par rapport aux autres, leur caractère.
- Anticipez les réactions du public (le metteur en scène peut s'y conformer ou, au contraire, les déjouer).

Quiz EXPRESS

43

Avez-vous bien révisé les fiches 38 à 42 ? On vérifie !

Le théâtre

1 Le théâtre au XVIIe siècle

FICHE 39

Cochez la ou les bonne(s) réponse(s).

1. Une tragédie classique est...

☐ a. une pièce qui se finit mal.

☐ b. une pièce qui met en scène des personnages de haut rang.

☐ c. une pièce qui respecte les préceptes théorisés par Aristote.

2. Une comédie classique est...

☐ a. une pièce qui met en scène des personnages de basse condition.

☐ b. un spectacle de pur divertissement.

☐ c. une pièce qui châtie les mœurs par le rire.

2 Le théâtre aux XVIIIe et XIXe siècles

FICHE 40

Au nom de quel principe le drame romantique voit-il le jour ?

☐ a. Le réalisme : il s'agit de rapprocher le théâtre des préoccupations des spectateurs.

☐ b. La dualité de l'homme : la pièce doit dévoiler sa dimension à la fois grotesque et sublime.

☐ c. Le refus de l'héritage classique : le cortège des règles briderait la liberté du dramaturge.

3 Le théâtre aux XXe et XXIe siècles

FICHE 41

Sous l'appellation « Nouveau Théâtre », on regroupe :

☐ a. des dramaturges qui se sont collectivement élevés contre les traditions dramatiques.

☐ b. des auteurs favorables à un théâtre engagé.

☐ c. des pièces mettant en scène le drame de l'incommunicabilité.

CORRIGÉS

1 Le théâtre au XVIIe siècle

1. Réponses a, b et c.
Une tragédie classique respecte les règles issues de la *Poétique* d'Aristote ; elle met en scène des personnages nobles ou mythologiques qui se heurtent à la fatalité.

> **À noter**
> Héritées de l'Antiquité, les **règles** qui s'appliquent au **théâtre de l'âge classique** touchent aux trois unités, à la vraisemblance et à la bienséance.

2. Réponse c.
La comédie classique reprend à son compte la règle énoncée par le poète latin Horace *Castigat ridendo mores* (châtier les mœurs par le rire c'est-à-dire corriger les mauvaises habitudes en faisant rire à leur dépens).

2 Le théâtre aux XVIIIe et XIXe siècles

Réponses a, b et c.
La préface de *Cromwell* de V. Hugo énonce les grands principes du drame romantique : réalisme des conditions et des personnages mis en scène, liberté du dramaturge.

> **À noter**
> Créé en 1827, la **préface de *Cromwell*** fait figure de véritable manifeste de la dramaturgie romantique.

3 Le théâtre aux XXe et XXIe siècles

Réponse c.
Le « Nouveau Théâtre » fait de l'impossibilité même du dialogue entre les protagonistes la matière de ses drames.

Molière, *Le Malade imaginaire*

Parcours : Spectacle et comédie

44

☐ OK

Dans cette comédie-ballet, Molière nous fait rire d'Argan, qui se croit toujours malade, comme des médecins.

I Connaître l'œuvre

1 L'auteur et le contexte

- Né en 1622 à Paris dans une famille bourgeoise, le jeune Jean-Baptiste Poquelin participe à la fondation de l'Illustre Théâtre en 1643. Au sein de cette troupe, il écrit et joue farces et comédies sous le pseudonyme de Molière. En 1658, il entre sous la protection de la famille royale.
- Il s'illustre dans le nouveau genre de la comédie-ballet en 1670 grâce au *Bourgeois gentilhomme*, puis en 1673 avec *Le Malade imaginaire*, destiné aux fêtes célébrant les victoires militaires de Louis XIV, et dont la musique est composée par Charpentier. C'est pendant l'une des représentations de cette pièce que Molière est pris du malaise qui lui sera fatal.

2 La composition et les enjeux

- La pièce se compose de trois actes ponctués d'intermèdes dansés et chantés, précédés d'un prologue précisant la volonté de « délasser [le roi] de ses nobles travaux ».
- Argan est un hypocondriaque, soumis à son médecin et à son apothicaire. Aussi veut-il contraindre sa fille Angélique à épouser un médecin, mais sa famille réussira finalement à lui ouvrir les yeux.

> **Mot clé**
>
> Les **intermèdes** sont, au XVIIe siècle, de courts divertissements chorégraphiques qui interviennent entre les actes d'une comédie.

- Comique farcesque, quiproquos, travestissements rythment une pièce qui invite à recouvrer sa lucidité face aux abus d'une médecine moquée à travers des personnages grotesques.

II Comprendre le parcours

1 La comédie : un genre conçu pour le spectacle

- Plus que tout autre genre théâtral, la comédie trouve dans la mise en scène son aboutissement. Le lecteur de la pièce rit en imaginant Toinette se déguiser en médecin pour asséner à Argan un diagnostic burlesque, mais moins que le spectateur qui la voit à l'œuvre sur scène.

C'est particulièrement vrai des comédies proches de la farce : on peut citer la scène des *Fourberies de Scapin*, où le valet rusé enferme son maître dans un sac et le bastonne, évidemment beaucoup plus savoureuse quand elle est représentée.

- Avant tout spectacle, la comédie utilise pleinement le principe de la double énonciation. Ainsi en est-il quand les personnages – pour parvenir à leurs fins – jouent la comédie, **sous l'œil complice du public**. Dans le *Malade imaginaire*, Béline feint son affection conjugale, puis Argan simule la mort, pour le plus grand plaisir du spectateur qui voit clair dans le jeu de chacun.

> **Citation**
>
> La **double énonciation** est une caractéristique essentielle du théâtre : les répliques d'un personnage sont destinées aux autres personnages, mais aussi au spectateur.

2 La comédie : un spectacle complet et varié

- La comédie peut **associer d'autres arts** pour se transformer en un spectacle complet. Ainsi Molière, dans ses comédies-ballets, ajoute des parties chantées et dansées, qui offrent au public un divertissement réjouissant. Deux ans après la première représentation du *Mariage de Figaro* de Beaumarchais (1784), Mozart adapte la pièce en opéra, créant un **spectacle dramatique et lyrique** d'une grande puissance.

- Genre plastique, la comédie peut réunir une **grande variété de registres**. La satire de la médecine atteint ainsi son apogée lors de la « cérémonie burlesque d'un homme qu'on fait médecin » qui clôt *Le Malade imaginaire*. Dans *Art* (2000), Yasmina Reza propose une réflexion incisive et pleine d'humour sur les affres de l'art contemporain, à partir d'un déconcertant tableau blanc.

L'ESSENTIEL

Le Malade imaginaire, Molière (1673)

- **Genre :** comédie-ballet
- **Mouvement :** théâtre classique
- **Thème :** les extravagances d'un hypocondriaque
- **Visée :** faire rire de ceux qui se prétendent malades comme des médecins qui prétendent les soigner

Marivaux, *Les Fausses Confidences*

Parcours : Théâtre et stratagème

45

☐ OK

Dans *Les Fausses Confidences*, Dubois est un valet rompu à l'art du stratagème, qu'il met au service d'un ancien maître amoureux. Le spectateur devient complice de la machination qui se déploie sous ses yeux.

I Connaître l'œuvre

1 L'auteur et le contexte

- Journaliste fasciné par les mœurs de son époque, Marivaux se tourne rapidement vers le théâtre. S'inspirant de la *commedia dell'arte*, il connaît le succès avec *Arlequin poli par l'amour* en 1720.

> **Mot clé**
>
> La ***commedia dell'arte***, genre théâtral d'origine italienne, se fonde sur des types comiques (comme Arlequin) et sur l'improvisation.

- Dramaturge prolifique, il collabore de manière fructueuse avec la troupe des Comédiens-Italiens : il leur fait notamment jouer *Le Jeu de l'amour et du hasard* en 1730 et *Les Fausses Confidences* en 1737.

2 La composition et les enjeux

- L'intrigue se fonde sur l'amour que ressent Dorante, jeune homme ruiné, pour la jeune et belle veuve Araminte, dont il devient l'intendant.
- L'astucieux Dubois, ancien valet de Dorante désormais au service d'Araminte, multiplie les menées afin de servir son ancien maître sous le manteau. Ses « fausses confidences » produisent l'effet escompté : Araminte accepte finalement l'amour sincère de Dorante.
- L'œuvre interroge l'authenticité des sentiments, à travers un langage raffiné propre à exprimer les subtilités de la naissance de l'amour : c'est le marivaudage.

II Comprendre le parcours

1 Des stratagèmes pour faire triompher l'amour

- Dans la comédie classique, le stratagème vient au secours de l'amour sincère. Ainsi, dans *L'Avare* de Molière (1668), Valère multiplie les ruses afin de conquérir Élise contre l'avis de son père. Dans *Le Barbier de Séville* (1775), Beaumarchais fait de Figaro l'adjuvant des amours du Comte et de Rosine face à Bartholo, véritable tyran domestique.

- Chez Marivaux, le stratagème **permet aux cœurs de se révéler** : c'est le cas dans *Les Fausses Confidences* comme dans *Le Jeu de l'amour et du hasard* (1730), où le travestissement réciproque des maîtres et des valets conduit les personnages à s'avouer leurs vrais sentiments.
- La plupart des stratagèmes ont une **issue heureuse**. Ils peuvent cependant se retourner contre ceux qui les mettent en œuvre. Madame Argante, qui machine le mariage d'Araminte avec le Comte, subit avec colère la décision finale de sa fille.

2 L'art du stratagème

- Dans la comédie classique, le stratagème est en général mis en œuvre par un **domestique rusé**. Dubois, meneur de jeu hors pair dans *Les Fausses Confidences*, est ainsi l'héritier d'une longue tradition de valets et de servantes qui, par leur habileté et leurs ruses, peuvent prétendre rivaliser avec leurs maîtres.

Citation

« Plus de raisonnement : laissez-vous conduire », lance Dubois à Dorante (acte III, scène 1). Le valet se veut le maître de la machination.

- Pour arriver à leurs fins, ces personnages **se travestissent et jouent la comédie** : ainsi Toinette se déguise en médecin dans *Le Malade imaginaire* (1673) afin de faire entendre raison à Argan ; dans *Les Fourberies de Scapin* (1671), le valet contrefait plusieurs accents afin de bastonner librement son maître.
- Chez Marivaux, les **détours du langage** tout autant que le travestissement jouent un rôle clé : le spectateur complice prend plaisir à voir prendre corps le stratagème à travers un jeu de demi-mensonges et de « fausses confidences ».

L'ESSENTIEL

Les Fausses Confidences, Marivaux (1737)

- **Genre :** comédie
- **Mouvement :** théâtre des Lumières
- **Thèmes :** les stratagèmes d'un valet pour favoriser un mariage, la naissance de l'amour, le pouvoir de l'argent
- **Visée :** montrer comment l'amour peut surprendre un cœur et triompher des règles de l'univers social

Marivaux, *L'Île des esclaves*

Parcours : Maîtres et valets

46

☐ OK

Présents dans la comédie depuis l'Antiquité, les rôles du maître et du valet se complètent et s'opposent. Dans *L'Île des esclaves,* Marivaux les inverse le temps du spectacle.

I Connaître l'œuvre

1 L'auteur et le contexte

- Journaliste fasciné par les mœurs de son époque, Marivaux se tourne rapidement vers le théâtre. S'inspirant de la *commedia dell'arte*, il connaît le succès avec *Arlequin poli par l'amour* en 1720.
- Dramaturge prolifique, il collabore de manière fructueuse avec la troupe des Comédiens-Italiens : il leur fait notamment jouer *L'Île des esclaves* en 1725 et *Le Jeu de l'amour et du hasard* en 1730.

> **Mot clé**
>
> La ***commedia dell'arte***, genre théâtral d'origine italienne, se fonde sur des types comiques (comme Arlequin) et sur l'improvisation.

2 La composition et les enjeux

- L'intrigue se situe dans une Antiquité grecque de pacotille, miroir de la France du XVIIIe siècle. Arlequin et son maître Iphicrate, ainsi que Cléanthis et Euphrosine, font naufrage sur une île utopique dont les habitants sont des descendants d'esclaves ayant fui leur servitude.
- Sur cette île, afin de corriger les maîtres de leur inhumanité, les statuts et les noms s'inversent : les esclaves deviennent les maîtres, et réciproquement. C'est ce qui advient aux naufragés sous le contrôle de Trivelin, le gouverneur de cette nouvelle république.
- Le renversement permet aux anciens maîtres de prendre conscience de leurs abus de pouvoir et d'en obtenir le pardon.

II Comprendre le parcours

1 Le reflet d'une hiérarchie sociale

- Dans la comédie traditionnelle, comme dans la société, les valets sont au service de leurs maîtres. Le Figaro du *Barbier de Séville* (1775) aide le Comte à séduire Rosine, séquestrée par un vieux docteur tyrannique.

- La comédie naît du **contraste entre les maîtres et les valets**. Chez Marivaux, la différence sociale, révélée par le niveau de langue, empêche le valet, même déguisé en maître, de séduire la femme que son maître aime en secret.

- Le valet est **souvent moqué par son maître**. Cléanthis fait la liste des surnoms déplaisants que lui donne Euphrosine : « Sotte, Ridicule, Bête, Butorde, Imbécile, etc. » Dans *Ruy Blas* de Victor Hugo (1838), don Salluste affirme avec cruauté que le valet « n'est qu'un vase » que son maître remplit comme il l'entend.

2 La remise en cause du rapport de domination

- *L'Île des esclaves* donne lieu au **renversement carnavalesque des rôles** : les dominés semblent prendre le pouvoir. La première réaction moqueuse d'Arlequin face aux plaintes d'Iphicrate est de rire en continuant à s'enivrer. Dans *Les Bonnes* de Genet (1947), Claire endosse le rôle de sa maîtresse en son absence, le temps d'une cérémonie mimétique.

- Le valet peut alors à son tour se moquer de son maître : Cléanthis montre la vanité et la coquetterie d'Euphrosine dans un portrait railleur. Dans *Le Mariage de Figaro* (Beaumarchais, 1784), Figaro va plus loin en dénonçant les privilèges indus d'une aristocratie abusive.

> **Citation**
>
> « C'est la barbarie de vos cœurs que nous voulons détruire », explique Trivelin. *Iphicrate* signifie « qui règne par la force ».

- Le théâtre offre une **réflexion sur l'injustice sociale**. Chez Marivaux, les maîtres sont punis pour leur arrogance et sont forcés de faire amende honorable. Dans *Maître Puntila et son valet Matti* (Brecht, 1948), la comédie se poursuit jusqu'à l'émancipation du domestique à l'heure de la lutte des classes.

L'ESSENTIEL

L'Île des esclaves, Marivaux (1725)

- **Genre :** comédie
- **Mouvement :** théâtre des Lumières
- **Thèmes :** le poids des inégalités, les abus d'autorité des maîtres
- **Visée :** faire réfléchir sur la manière d'humaniser les relations entre maîtres et valets

J.-L. Lagarce, *Juste la fin du monde*

Parcours : Crise personnelle, crise familiale

47

☐ OK

La pièce met en scène les retrouvailles impossibles d'un personnage avec sa famille ; elle cherche à explorer l'intimité familiale à travers les méandres du langage. Depuis l'Antiquité, les dramaturges se servent des histoires de famille pour interroger la complexité des rapports humains.

I Connaître l'œuvre

1 L'auteur et le contexte

- D'abord étudiant en philosophie, Jean-Luc Lagarce fonde le théâtre de la Roulotte à la fin des années 1970. Il met en scène des pièces contemporaines déjà reconnues (comme celles de Beckett ou Ionesco), puis ses propres créations.
- **S'inspirant en partie de sa vie**, il publie *Derniers Remords avant l'oubli* en 1987 puis *Juste la fin du monde* en 1990, alors qu'il se sait déjà atteint du sida et condamné par la maladie. Il meurt en 1995, à 38 ans.

2 La composition et les enjeux

- Ténue, l'intrigue se résume au **retour de Louis auprès des siens** après des années d'absence : celui-ci essaye d'annoncer sa mort prochaine – sans jamais y parvenir.
- Chaque membre de la famille s'exprime tour à tour dans des interventions qui tournent au monologue. La **tension** atteint son paroxysme au cours du face-à-face final entre Louis et son frère cadet Antoine.
- L'écriture en versets, quasiment poétique, accentue la **fragmentation du langage** et souligne l'indicibilité des sentiments. En écho au prologue, l'épilogue clôt la pièce ; comme surgie d'outre-tombe, la voix de Louis regrette son éternel mutisme.

> **Mot clé**
> Le **prologue** est la partie située au début de la pièce où l'on expose le sujet ; l'**épilogue** permet au contraire de clore l'intrigue dramatique.

II Comprendre le parcours

1 Soi-même face aux autres

- *Juste la fin du monde* exhibe la **solitude de personnages en décalage avec leur famille.** Dans le théâtre antique déjà, c'est contre son oncle Créon qu'Antigone se dresse au nom de ses valeurs.

- La famille **enferme l'individu dans un rôle** dont il est difficile de s'affranchir. Louis est un avatar dégradé du « fils prodigue » de la Bible : il croit à tort pouvoir renouer avec les siens et se faire pardonner son absence. Héros du *Voyageur sans bagage* d'Anouilh (1937), Gaston est un amnésique solitaire qui doit retrouver sa famille, mais choisit d'en intégrer une autre afin d'échapper à un passé qui l'écœure.

- **Chacun reste largement insondable** pour les autres comme pour lui-même. Louis repart sans avoir pu confier sa mort imminente. Gaston, héros du *Voyageur sans bagage*, devenu amnésique à 18 ans, cherche à reconstituer son passé et à retrouver sa famille, découvrant peu à peu l'être méprisable qu'il était.

> **Citation**
>
> Dans sa *Poétique*, Aristote recommandait déjà de représenter des familles « dans lesquelles il s'est passé ou fait des choses terribles. »

2 Une communication difficile

- « Rien ici ne se dit facilement, » déclare Antoine. Chacun **peine à trouver les mots justes** et scrute les failles de sa parole. Dans *Assoiffés* de Mouawad (2007), Murdoch, un adolescent tourmenté, se heurte au silence de parents incapables de lui accorder de l'attention.

- D'obscurs monologues témoignent des **confusions de l'histoire familiale** ; Louis subit les reproches de sa sœur et l'ironie de son frère. Dans *Le Retour au désert* (1988), Koltès donne également à voir la confrontation d'un frère et d'une sœur en proie au poids de leur passé.

- Les mots se heurtent à l'**hostilité** de qui les recueille : Antoine est convaincu que Louis l'inonde « d'histoires ». Dans *Papa doit manger* (2003), Marie NDiaye met en scène les mensonges misérables d'un père qui, après dix ans d'absence, cherche à reprendre sa place dans une famille qui s'est reconstruite sans lui.

L'ESSENTIEL

Juste la fin du monde, Lagarce (1990)

- **Genre :** drame
- **Mouvement :** théâtre contemporain
- **Thème :** les retrouvailles impossibles d'un personnage avec sa famille
- **Visée :** montrer la complexité des relations familiales, explorer les failles du langage

Quiz EXPRESS

48

Avez-vous bien révisé les fiches 44 à 47 ? On vérifie !

Les pièces de théâtre au programme

1 *Le Malade imaginaire* de Molière

▶ FICHE 44

Pourquoi la comédie est-elle particulièrement faite pour être vue ?

- ☐ **a.** Son intrigue est basée sur des situations concrètes.
- ☐ **b.** Les procédés comiques fonctionnent mieux en présence d'un public.
- ☐ **c.** Elle peut combiner différents arts : théâtre, chant, danse…

2 *Les Fausses Confidences* de Marivaux

▶ FICHE 45

Numérotez dans l'ordre les étapes du stratagème de Dubois.

… **a.** Il querelle Arlequin au sujet d'un portrait d'Araminte.

… **b.** Il adresse Dorante à Monsieur Remy afin qu'il le présente en qualité d'intendant à Araminte.

… **c.** Il incite Marton à voler une lettre que Dorante a confiée à Arlequin.

… **d.** Il excite la jalousie d'Araminte en lui inventant une rivale.

3 *L'Île des esclaves* de Marivaux

▶ FICHE 46

Comment peut-on décrire la situation finale de la pièce ?

- ☐ **a.** Euphrosine et Iphicrate peuvent rentrer à Athènes.
- ☐ **b.** Euphrosine et Iphicrate se repentent de leurs erreurs.
- ☐ **c.** Euphrosine et Iphicrate restent esclaves pour toujours.

4 *Juste la fin du monde* de Lagarce

▶ FICHE 47

Associez chaque personnage au souvenir qu'il évoque.

a. La Mère •	• le mot envoyé pour la naissance d'un enfant
b. Suzanne •	• les promenades du dimanche
c. Catherine •	• les cartes postales de Louis
d. Antoine •	• les frustrations de l'enfance

CORRIGÉS

1 *Le Malade imaginaire* de Molière

Réponses a, b et c.
La comédie trouve son accomplissement dans les conditions concrètes de la représentation : le public peut être ébloui par le spectacle qu'on lui présente, réagir plus vivement aux procédés comiques et aux situations burlesques.

2 *Les Fausses Confidences* de Marivaux

Les étapes sont à mettre dans cet ordre : **b, d, a, c**.
Dubois multiplie les menées afin de parvenir à ses fins : chaque ruse en appelle une autre, jusqu'au triomphe final, arraché de haute lutte.

3 *L'Île des esclaves* de Marivaux

Réponses a et b.
Arlequin et Cléanthis finissent par pardonner leurs maîtres.
Trivelin, voyant qu'Iphicrate et Euphrosine ont compris la leçon, leur permet de rentrer à Athènes.

4 *Juste la fin du monde* de Lagarce

a. La Mère évoque les promenades du dimanche. **b.** Suzanne évoque les cartes postales de Louis. **c.** Catherine évoque le mot envoyé pour la naissance d'un enfant. **d.** Antoine évoque les frustrations de l'enfance.
Les longs soliloques des personnages donnent à entendre les bribes d'un passé perdu, à travers des petits détails de la vie familiale, entre éclats de bonheur et rancœurs.

Les pièces de théâtre au programme

1

À quel mouvement littéraire et à quel genre théâtral *Le Malade imaginaire* de Molière appartient-il ?

FICHE 44

2

Quel personnage Argan souhaite-t-il faire épouser à sa fille, et pour quelle raison ?

FICHE 44

3

Dans *Les Fausses Confidences*, qui souhaite qu'Araminte épouse le Comte, et pourquoi ?

FICHE 45

4

Pourquoi Dorante a-t-il peint le portrait d'Araminte ? Quel effet provoque sa livraison ?

FICHE 45

5

Où se situe l'action de *L'Île des esclaves* et quelle est sa durée ?

FICHE 46

6

Qu'est-ce que Cléanthis reproche à Euphrosine, son ancienne maîtresse ?

FICHE 46

7

Dans *Juste la fin du monde*, avec quel personnage Louis est-il le plus en conflit ? Pourquoi ?

FICHE 47

8

En quoi la pièce *Juste la fin du monde* nous parle-t-elle de l'impossibilité de la parole ?

FICHE 47

RÉPONSES

Efforcez-vous de répondre aux questions par vous-même avant de consulter les réponses, puis révisez régulièrement pour bien mémoriser.

1

Le Malade imaginaire appartient au mouvement du **classicisme** et au genre de la **comédie-ballet**.

2

Argan destine sa fille Angélique au **médecin Thomas Diafoirus**, qui pourra ainsi soigner tous les maux dont il pense souffrir.

3

Madame Argante, la mère d'Araminte, souhaite marier sa fille au Comte, afin qu'il renonce à un procès contre elle.

4

C'est **Dorante** qui a peint le portrait d'Araminte ; sa livraison impromptue crée le trouble chez la jeune femme. À la fin de l'acte II, Araminte s'en sert afin de faire avouer à Dorante son amour pour elle.

5

L'action de la pièce se passe dans « **l'île des Esclaves** », lieu qui donne son nom à la pièce. Le « cours d'humanité » proposé par Trivelin est censé durer **trois ans**, mais ne durera finalement **qu'un seul jour**.

6

Cléanthis se moque de la **vanité** et de la **coquetterie** d'Euphrosine, ainsi que de sa superficialité.

7

C'est entre Louis et **son frère Antoine** que les tensions sont les plus vives : depuis l'enfance, Antoine nourrit des rancœurs tenaces envers Louis, qu'il n'a jamais su comprendre.

8

Louis revient auprès des siens pour **annoncer sa mort**, mais il repartira sans y être parvenu. Dans le contexte de crise familiale et personnelle de la pièce, la parole se trouve comme bloquée.

Analyser le lexique

50

☐ OK

La connaissance d'un lexique adapté est nécessaire tant pour la compréhension et l'analyse des textes que pour la précision de l'expression écrite et orale.

I Champ lexical et réseau lexical

Les mots du langage désignent des réalités du monde, qu'elles soient concrètes ou abstraites (les idées).

- On appelle **champ lexical** l'ensemble des termes désignant une même réalité : *guerre, arme*. Les termes peuvent être reliés entre eux par dérivation, *guerre, guerrier.* Attention, il ne suffit pas de relever un champ lexical, il faut l'analyser pour mettre à jour les sous-thèmes et les relations de sens.

- Le **réseau lexical** est un champ lexical étendu aux autres termes qui, par leur connotation ou leur emploi en contexte, relèvent de la même thématique. Ainsi *guerrier, armes, munition, fusil* font partie du champ lexical de la guerre et *mutilation, hôpital, panique* font partie de son réseau lexical.

> **Mot clé**
>
> **Connotation :** charge affective et subjective ajoutée à la dénotation d'un terme (la définition du dictionnaire) en fonction de la culture personnelle du lecteur.

II Polysémie, synonymie, antonymie

- Un même terme peut avoir plusieurs sens, il est dit **polysémique.** La polysémie permet de jouer sur différents niveaux de sens.

> ... formaient une harmonie telle qu'il n'y eut jamais en enfer (Voltaire)

Voltaire utilise le double sens d'harmonie, « formation musicale » et « entente, paix », pour faire réfléchir le lecteur.

- Des termes différents peuvent recouvrir une même réalité, ils sont dits **synonymes**. Cependant, il y a toujours une nuance de sens entre les synonymes. Dans une énumération ou une gradation, on doit être attentif à l'apport de chacun des termes.

> Je vois partout [...] la force, la brutalité, la cruauté, le sadisme (Césaire)

Chaque terme de la gradation ajoute une nuance au précédent.

- Des termes peuvent avoir des relations de sens opposé, ils sont dits **antonymes** (*généreux, avare*). Ils sont employés dans les antithèses et les oxymores.

  Cette obscure clarté qui tombe des étoiles (Corneille)
  La juxtaposition des mots « obscure » et « clarté » constitue un oxymore.

III Les types de lexique

Les mots d'une langue sont multiples et il existe de nombreuses manières de les classer. Il faut savoir reconnaître et utiliser au moins **quatre types de lexique**.

- Le **lexique appréciatif** permet d'exprimer une appréciation :
  - si elle est positive, on parle de lexique mélioratif (*admirable, magnifique*) ;
  - si elle est négative, on parle de lexique péjoratif (*fade, néfaste, borné*).
- Le **lexique évaluatif** permet d'exprimer un jugement de valeur sur une échelle graduée (*grand/petit, chaud/froid*) dans divers domaines : esthétique (*beau*), moral (*bon*), etc.
- Le **lexique affectif** permet d'exprimer la manière dont on est affecté par quelque chose. C'est le lexique des sentiments et des émotions (*admiration, souffrance, pitié, pitoyable*…).
- Le **lexique abstrait** est le lexique des opérations de la pensée (*réfléchir, méditer, notion, concept, réflexion*…), du jugement (*apprécier, concéder, réfuter, rejeter*…), de la morale ou de la philosophie (*liberté, conscience, être, déterminisme, vertu, devoir*…), des catégories artistiques (*baroque, classique*…), du sentiment esthétique (*beau, sublime*), etc.

L'ESSENTIEL

Analyser le lexique

- **champ lexical** : ensemble de termes désignant une même réalité
- **réseau lexical** : champ lexical étendu aux termes qui relèvent de la même thématique

- **terme polysémique** : qui peut avoir plusieurs sens
- **synonymes** : termes différents qui peuvent recouvrir la même réalité

- **types de lexique** : appréciatif, évaluatif, affectif, abstrait

Analyser les phrases

51

☐ OK

La phrase est une unité complète et autonome. Pour l'analyser, il faut étudier sa syntaxe, sa modalité et son rythme.

I Syntaxe de la phrase

- Une phrase peut comporter une ou plusieurs proposition(s) :
  - une phrase constituée d'une seule proposition est une **phrase simple** ;
  - une phrase constituée de plusieurs propositions est une **phrase complexe.**
- Les propositions d'une phrase complexe peuvent être des propositions indépendantes :
  - **coordonnées** par une conjonction de coordination (*Je sors car il fait beau*) ou un adverbe (*Il neige, alors je prends les skis*) ;
  - ou **juxtaposées** à l'aide d'un signe de ponctuation (*Il la voit, il en tombe amoureux, il lui déclare sa flamme*).
- Les propositions peuvent aussi être liées par une relation de **subordination** (subordonnée conjonctive ou relative) : *Je dors quand je le peux./ J'aime le livre que je lis.*

II Modalités de la phrase

1 Les quatre types de phrase

On distingue quatre types de phrases :

- La **phrase déclarative** (ou assertive). On affirme quelque chose.
- La **phrase interrogative**. On pose une question. Elle est marquée par un point d'interrogation et, en principe, par l'inversion du sujet et l'utilisation d'un terme interrogatif.
- La **phrase impérative**. On donne un ordre (injonction). Elle est marquée par l'impératif et l'absence de sujet.
- La **phrase exclamative**. Le locuteur exprime son sentiment. Elle est marquée par la présence d'un point d'exclamation.

À noter

Les quatre **types de phrase** peuvent être affectés par la **négation**, la transformation à la forme passive et l'emphase.

2 Les phrases atypiques

- La **phrase à présentatif** : *Nous voici. Voilà quelqu'un. C'est Pierre qui arrive. Il y a un loup dans les bois. Il était une fois…*
- La **phrase nominale** : phrase sans verbe. Elle peut être déclarative (*Fin de la piste*), interrogative (*La sortie ?*), exclamative (*Génial, ce film !*).
- Les **incises** : elles sont courtes, comportent un verbe de parole ou de pensée, le sujet est inversé ; on la trouve dans le discours direct, insérée au milieu ou en fin de phrase : *Jeanne n'a pas voulu le prendre, criait-elle à tue-tête.* (Camus)

III Étude du rythme

Le rythme d'une phrase est fonction de sa longueur et de sa construction, généralement indiquée par la ponctuation.

- Le **rythme binaire** consiste à grouper les propositions par deux segments égaux : *Tu viens et je suis heureux.* Le **rythme ternaire** les regroupe par trois : *Le loriot siffle, l'hirondelle gazouille, le ramier gémit.* (Chateaubriand)
- Au-delà d'un regroupement de trois éléments, on parle d'**accumulation** ou de **rythme accumulatif**.

> **À noter**
> Si l'on étudie toujours **le rythme** dans la poésie, il ne faut pas oublier de l'étudier aussi pour un texte en prose. Si celui-ci présente beaucoup d'effets rythmiques, on pourra parler de **prose poétique** ou de **récit poétique**.

L'ESSENTIEL

Analyser les phrases

- **Syntaxe**
  - phrase simple : 1 proposition
  - phrase complexe : plusieurs propositions
- **Modalités**
  - phrase déclarative, interrogative, impérative ou exclamative
  - phrases atypiques : à présentatif, nominale ou incises
- **Rythme**
  - binaire - ternaire - accumulatif

Étudier l'énonciation

52

☐ OK

L'énonciation est l'acte individuel de production d'un énoncé par un locuteur. On peut chercher à analyser les textes en fonction de leur type d'énonciation.

I La situation d'énonciation

Tout énoncé s'inscrit dans une situation d'énonciation. Un locuteur produit un énoncé, dans un lieu et temps donné, adressé à quelqu'un (l'allocutaire ou destinataire).
On peut définir **deux types d'énonciation**.

- Quand il est nécessaire de connaître les conditions de l'énonciation pour comprendre l'énoncé, on parle d'**énoncé ancré dans la situation d'énonciation**. Pour comprendre l'énoncé *je suis ici*, l'allocutaire doit savoir qui est le « je » et où il se trouve, c'est-à-dire la situation dans laquelle l'énoncé a été produit.
- Quand il n'est pas nécessaire de connaître les conditions de l'énonciation, on parle d'**énoncé coupé ou d'énonciation historique**. Pour comprendre l'énoncé *Louis XIV est mort en 1715*, il n'est pas nécessaire de connaître les conditions de l'énonciation.

II L'énoncé ancré dans la situation d'énonciation

On le reconnaît à la présence des éléments suivants :

- Le **système de la 1re et de la 2e personne** : pronoms personnels (*je, me, tu, te, nous, vous*), déterminants et pronoms possessifs (*mon, ma, mes, notre, nos, le mien… ; ton, ta, tes, vos, votre, le tien…*).
- Les déictiques : termes qui ne se comprennent que s'ils sont accompagnés d'un geste. Ainsi l'injonction *Prends ce livre* ne se comprend que si le locuteur désigne du doigt le livre en question. Les déterminants et les pronoms démonstratifs (*ce, cet, cette, ces, celui-là*) et les adverbes de lieu (*ici*), et de temps (*maintenant*) sont typiquement des déictiques.

À noter

Certaines grammaires regroupent sous l'appellation « **déictiques** » tous les termes qui ne se comprennent qu'à l'intérieur d'une situation d'énonciation.

- Les temps verbaux :
  - le présent d'énonciation correspond au moment de l'énonciation ;
  - le passé composé est utilisé pour évoquer un moment du passé.
- Les modalisateurs : ils indiquent le degré d'adhésion de l'énonciateur à son énoncé : *il pleuvra sans doute, peut-être, certainement...* Les modalisateurs peuvent être des adverbes (*probablement, certainement...*), des locutions adverbiales (*peut-être, sans doute...*), des auxiliaires de mode (*devoir, pouvoir, vouloir...*), certains adjectifs qualificatifs (*possible, certain, probable...*). Le conditionnel peut aussi indiquer une distance de l'énonciateur à son énoncé : *On pourrait dire qu'il a raison, mais...*
- Les marques de la subjectivité : utilisation d'un lexique appréciatif, évaluatif, affectif. ▶ FICHE 49
- Les marques du jugement : verbes de jugement (*je pense, je crois...*).

III L'énoncé coupé de la situation d'énonciation

Il s'oppose point par point à l'énoncé ancré dans la situation d'énonciation. On le reconnaît à la présence des éléments suivants :

- Le système de la 3e personne : pronoms personnels (*il, ils*), déterminants possessifs (*son, sa, sien ; leurs*).
- Les temps verbaux : le présent de narration et le passé simple.
- Des indices spatio-temporels : dates et lieux précis qui permettent un repérage absolu dans le temps et dans l'espace.
- L'absence de modalisateurs et de marques de la subjectivité et du jugement.

Conseil

Dans un texte apparemment objectif, il faut être attentif à la présence de modalisateurs qui révèlent une prise de position de l'auteur, du narrateur, ou du locuteur.

L'ESSENTIEL

Reconnaître un énoncé ancré dans la situation d'énonciation >
- 1re et 2e personne
- déictiques
- présent d'énonciation, passé composé
- modalisateurs
- marque de la subjectivité et du jugement

Reconnaître un énoncé coupé de la situation d'énonciation >
- 3e personne
- présent de narration, passé simple
- indices spatiaux-temporels à valeur absolue

Reconnaître les figures de style

53

☐ OK

Identifier les figures de style aide à mieux commenter un texte si on les met en relation avec l'analyse du sens.

I Les figures de sens

1 Les figures d'analogie

- La **comparaison**. Deux éléments, comparé et comparant, sont mis en relation par un outil explicite. Celui-ci peut être une préposition (*comme*), une conjonction (*de même que*, *ainsi que*…), un verbe (*ressembler*…), un adjectif (*semblable*…).

> Laissent piteusement leurs grandes ailes blanches
> Comme des avirons traîner à côté d'eux. (Baudelaire)

- La **métaphore** est une comparaison sans outil explicite. Elle est filée quand elle se prolonge sur plusieurs vers ou phrases.

> Bergère ô tour Eiffel le troupeau des ponts bêle ce matin
> (Apollinaire)

- La **personnification** consiste à donner à des objets les caractéristiques d'êtres humains .

- L'**allégorie** permet de représenter sous une forme concrète une idée abstraite.

> […] et l'Angoisse atroce, despotique,
> Sur mon crâne incliné plante son drapeau noir. (Baudelaire)

2 Les figures de substitution

- La **métonymie**. Elle rapproche deux mots ayant un rapport de contiguïté ou un rapport logique : *boire un verre, croiser le fer, une fine lame.*

- La **périphrase** consiste à substituer au nom d'une personne, d'un objet ou d'une abstraction, une expression complexe : *l'oiseau de Jupiter* = l'aigle.

3 Les figures d'atténuation et d'exagération

- L'**euphémisme** est une évocation détournée d'un fait pour en atténuer la violence : *il est parti* au lieu de *il est mort.*

- La **litote** permet de dire peu pour dire beaucoup.

> Va, je ne te hais point (= *Je t'aime*) Corneille, *Le Cid*

- L'**hyperbole** fait employer des termes exagérés par rapport à la réalité qu'ils désignent : *souffrir mille morts.*

4 Les figures d'opposition

- L'**antithèse** : deux termes de sens contraire s'opposent au niveau de la phrase ou d'un ensemble de phrases.

> Songe aux cris des vainqueurs, songe aux cris des mourants
> (Racine)

- L'**oxymore** : deux termes s'opposent par le sens au sein d'un groupe syntaxique : « Le soleil noir de la mélancolie » (Nerval).
- L'**antiphrase**, figure de l'ironie, fait comprendre le contraire de ce que l'on semble dire : *Quel beau temps*, alors qu'il pleut.

II Les figures de construction

- L'**anaphore** consiste à répéter en début de vers (ou de phrase) un même mot ou groupe syntaxique.

> Voilà comme Pyrrhus vint s'offrir à ma vue ;
> Voilà par quels exploits il sut se couronner ;
> Enfin voilà l'époux que tu me veux donner.
> Racine, *Andromaque*

- La **gradation** est une énumération ordonnée suivant un ordre croissant ou décroissant ; le dernier terme est souvent hyperbolique.

> C'est un roc !... C'est un pic !... C'est un cap ! Que dis-je, c'est un cap ? C'est une péninsule !
> Rostand, *Cyrano de Bergerac*

- Le **chiasme** consiste, à partir d'un parallélisme de construction, à croiser la fonction syntaxique de termes qui peuvent s'opposer par le sens.

> Mon berceau a de ma tombe, ma tombe a de mon berceau.
> (Chateaubriand)

L'ESSENTIEL

Les figures d'analogie	Créer des images en mettant en évidence des points communs
Les figures de substitution	Substituer un mot à un autre, selon des rapports plus ou moins proches
Les figures d'atténuation et d'exagération	Atténuer ou amplifier le sens
Les figures d'opposition	Mettre en relation des termes ou des idées qui s'opposent par le sens

Identifier la tonalité d'un texte

54

☐ OK

Tout texte fait ressentir un type d'émotion au lecteur. Analyser la tonalité, c'est chercher à identifier la nature de cette émotion et comprendre ce qui, dans le texte, la provoque.

I Émouvoir

- **Tonalité lyrique.** Expression forte des sentiments sur des thèmes comme l'amour, la mort la nature. Le texte est à la première personne. Le lyrisme peut être déploration (lyrisme élégiaque) ou hymne joyeux.

> **À noter**
> Le **lyrisme** est emblématique de la poésie, mais tous les poèmes ne sont pas lyriques et on peut trouver du lyrisme dans tous les autres genres.

- **Tonalité pathétique.** Caractérise un texte qui cherche à faire ressentir au lecteur le sentiment de la pitié et de la compassion. On le reconnaît à l'expression de la souffrance physique ou morale, à des images violentes, à des invocations. Il joue sur la capacité d'identification du lecteur.
- **Tonalité tragique.** Le héros tragique est en prise au destin ou à des forces qui le dépassent. Le lexique, noble et solennel, fait référence aux dieux, au destin, à une fatalité. Il est évidemment à l'œuvre dans les tragédies. On parle d'ironie tragique, quand le héros, cherchant à trouver une issue favorable, prend des décisions qui vont se retourner contre lui et le mènent là où le destin l'attend.
- **Tonalité épique.** En relation avec l'épopée, c'est une narration d'épisodes guerriers, qui tend à magnifier les combats et les exploits des héros jusqu'à les diviniser. L'exemple typique est l'*Iliade*, d'Homère. On emploie volontiers l'hyperbole et les procédés de l'amplification.

II Faire rire

- **Tonalité comique.** La visée est le rire. Il joue sur le décalage entre ce qui est attendu et ce qui est produit. On le reconnaît précisément à trois types de comique : le comique de mots (jeux de mots, inventions langagières, répétitions), de gestes (gesticulations, poursuites, chutes…) et de situation (situations incongrues, quiproquos…). On le trouve dans les comédies, mais pas seulement.
- **Tonalité satirique.** La visée est la critique. On se moque d'une catégorie professionnelle ou sociale, en la mettant en situation. Ainsi, Molière fait la satire des médecins dès qu'il en a l'occasion.

Tonalité ironique. L'ironie fait entendre le contraire de ce qui est énoncé. Jeu sur le second degré, elle suppose la complicité de l'interlocuteur qui accepte de décrypter le sens. L'ironie se définit par l'antiphrase. L'ironie peut servir une visée critique. Voltaire l'utilise beaucoup.

III Convaincre

Tonalité didactique. Sa visée est l'enseignement, la pédagogie. On le reconnaît à une argumentation claire qui cherche à guider le lecteur dans sa compréhension. On peut trouver des impératifs et tous les modes d'expression du conseil.

Tonalité polémique. Le mot vient du grec *polémos* qui veut dire « guerre ». Il caractérise un débat conflictuel, une argumentation menée de manière violente. Les mots servent d'armes. On cherche l'implication du destinataire.

IV Déstabiliser

Le fantastique. Irruption d'éléments surnaturels dans le réel. On ne sait pas si ces événements sont explicables rationnellement ou non. L'angoisse ressentie est due au doute qui est maintenu jusqu'à la fin du récit. Le lexique de l'étrangeté et de la peur est employé. Le texte est souvent à la première personne ou en focalisation interne, et le lecteur suit le narrateur dans ses doutes et ses peurs.

Le merveilleux. C'est le monde des contes de fées. Dans le monde merveilleux, il est naturel que les humains côtoient fées, ogres et animaux qui parlent… Contrairement au fantastique, le surnaturel ne provoque pas l'angoisse.

L'ESSENTIEL

Identifier la tonalité d'un texte

Émouvoir
- tonalité lyrique
- tonalité pathétique
- tonalité tragique
- tonalité épique

Faire rire
- tonalité comique
- tonalité satirique
- tonalité ironique

Convaincre
- tonalité didactique
- tonalité polémique

Déstabiliser
- le fantastique
- le merveilleux

Quiz EXPRESS

55

Avez-vous bien révisé les fiches 50 à 54 ? On vérifie !

Maîtriser les outils de l'analyse

1 Analyser le lexique

▶ FICHE 50

À quel type de lexique appartient le mot *pitoyable* ?

☐ a. appréciatif ☐ b. évolutif ☐ c. affectif ☐ d. abstrait

2 Analyser les phrases

▶ FICHE 51

Dans la phrase ci-dessous, les deux propositions sont :

> Cette fois il s'abattit la face contre le pavé, et ne remua plus.
>
> Victor Hugo, *Les Misérables*

☐ a. coordonnées. ☐ b. juxtaposées. ☐ c. subordonnées.

3 Reconnaître les figures de style

▶ FICHE 53

Cochez les figures de style identifiées.

1. « Paris est tout petit / C'est là sa vraie grandeur » (Prévert)

☐ a. litote ☐ b. antithèse ☐ c. allégorie

2. « Je me suis baigné dans le Poème de la mer » (Rimbaud)

☐ a. métaphore ☐ b. chiasme ☐ c. métonymie

3. « Des cadavres dessous et dessus des fantômes » (Hugo)

☐ a. chiasme ☐ b. allégorie ☐ c. comparaison

4 Identifier la tonalité d'un texte

▶ FICHE 54

Lisez l'extrait et cochez la proposition qui convient.

> Hélas ! qui peut savoir ici le destin qui m'amène ?
> L'amour me fait ici chercher une inhumaine.
> Mais qui sait ce qu'il doit ordonner de mon sort,
> Et si je viens chercher ou la vie ou la mort ?
>
> Racine, *Andromaque* (1667)

Il s'agit d'un texte :

☐ a. tragique. ☐ b. pathétique. ☐ c. lyrique.

CORRIGÉS

1 Analyser le lexique

Réponse c.
L'adjectif *pitoyable* est formé sur le nom *pitié*. L'employer, c'est chercher à faire éprouver le sentiment de la pitié.

À noter
Les lexiques appréciatif et affectif se retrouvent dans l'expression de la subjectivité.

2 Analyser les phrases

Réponse a.
Les deux propositions sont coordonnées par la conjonction *et*.

3 Reconnaître les figures de style

1. **Réponse b.**
Antithèse entre *petit* et *grandeur*.

2. **Réponse a.**
Il s'agit d'une métaphore puisque *poème* et *mer* sont associés dans une même image sans outil de comparaison.

3. **Réponse a.**
Les deux hémistiches forment un chiasme puisque l'ordre des éléments est inversé :
nom + adverbe // adverbe + nom.
Le chiasme est amplifié par l'opposition *dessus / dessous*.

4 Identifier la tonalité d'un texte

Réponse a.
Les deux interrogatives montrent que le héros ne maîtrise pas sa propre vie, mais qu'il est entre les mains du « destin » sujet du verbe d'action « amène ».

FLASHCARDS

Mémorisez les idées clés des fiches 50 à 54

56

Maîtriser les outils d'analyse

1

Qu'est-ce qu'un réseau lexical ?

▶ FICHE 50

2

Qu'est-ce qu'un antonyme ?

▶ FICHE 50

3

Qu'est-ce qui distingue une phrase simple d'une phrase complexe ?

▶ FICHE 51

4

Qu'est-ce qu'une incise ?

▶ FICHE 51

5

Quelles sont les caractéristiques d'un récit ancré dans la situation d'énonciation ?

▶ FICHE 52

6

Qu'est-ce qu'une métonymie ? Donnez un exemple.

▶ FICHE 52

7

Qu'est-ce qu'un chiasme ? Donnez un exemple.

▶ FICHE 53

8

Quelles sont les deux caractéristiques de la tonalité polémique ?

▶ FICHE 54

RÉPONSES

Efforcez-vous de répondre aux questions par vous-même avant de consulter les réponses, puis révisez régulièrement pour bien mémoriser.

1

Réseau lexical : un réseau de termes qui relèvent d'un même champ thématique.

2

Antonyme : un mot qui a un sens contraire au sens d'un autre mot.

3

Une **phrase simple** est constituée d'une seule proposition, tandis qu'une **phrase complexe** est constituée de plusieurs propositions.

4

Incise : une proposition insérée dans une autre proposition.

5

Caractéristiques d'un récit ancré dans la situation d'énonciation :
- le présent d'énonciation
- les marques de subjectivité
- les pronoms aux 1re et 2e personnes
- des indicateurs tels que « ici » ou « hier ».

6

Métonymie : rapprochement de deux mots ayant un rapport de contiguïté ou un rapport logique : « boire un verre », « croiser le fer », « être une fine lame ».

7

Chiasme : un parallélisme de construction qui croise la fonction syntaxique de termes qui s'opposent par le sens : « Mon berceau a de ma tombe, ma tombe a de mon berceau » (Chateaubriand)

8

La **tonalité polémique** :
1. utilise un lexique violent
2. implique le lecteur.

Faire des phrases courtes et bien construites

57

☐ OK

Une phrase bien construite est une phrase qui respecte les règles de la syntaxe et dans laquelle on ne perd pas son lecteur.

I Faire des phrases courtes

1 Bien ponctuer

- La ponctuation sert à marquer des pauses et à isoler des groupes syntaxiques. Elle aide donc à **comprendre le sens** de la phrase : son absence peut rendre la phrase ambiguë ou incompréhensible.

- Attention, le sujet ne doit jamais être séparé par une virgule du verbe qu'il régit.

> ✗ Hugo dans *Les Misérables*, dénonce les conditions de vie des bagnards.
> ✗ Hugo dans *Les Misérables* dénonce les conditions de vie des bagnards.
> ✓ Hugo, dans *Les Misérables*, dénonce les conditions de vie des bagnards.

Conseil

Si vous avez un doute sur la **place des virgules**, relisez-vous à haute voix : vous les placerez alors naturellement en fonction du sens de votre phrase.

- Le **point virgule** a la même valeur qu'un point, mais permet la continuité de l'idée exprimée. Il ne doit pas être utilisé à la place d'une virgule.

> Victor Hugo dénonce les conditions de vie des bagnards ; c'est particulièrement le cas dans *Les Misérables*.

- Les **deux points** permettent d'introduire une énumération ou d'établir un rapport de causalité. ▶ FICHE 57

2 Éliminer parenthèses et tirets

- De manière générale, **évitez l'usage des parenthèses et des tirets énumératifs** en dissertation et en commentaire. Les parenthèses ne doivent jamais être utilisées pour donner une information complémentaire.

> ✗ Victor Hugo (poète, dramaturge et romancier) est une grande figure littéraire du XIXe siècle.
> ✓ Victor Hugo est une grande figure littéraire du XIXe siècle. Il était tout à la fois poète, dramaturge et romancier.

3 Simplifier les phrases

- N'accumulez pas les relatives.

> ✗ Victor Hugo a pris position contre Napoléon III, ce qui l'a conduit à un exil qui a duré de longues années.
>
> ✓ Les prises de position de Victor Hugo contre Napoléon III l'ont conduit à un long exil.

- Lorsque c'est possible, remplacez les relatives par un adjectif.

> ✗ Un poète qui est adepte du lyrisme préfère le vers à la prose.
>
> ✓ Un poète lyrique préfère le vers à la prose.

II Faire des phrases bien construites

- Pour intégrer une interrogation dans une phrase déclarative, on utilise une **subordonnée interrogative indirecte**. Elle est introduite par un verbe de parole ; il n'y a ni inversion du sujet ni point d'interrogation

> ✗ On se demandera si le héros est-il toujours moral ?
>
> ✓ On se demandera si le héros est toujours moral.

- La **conjonction « et »** ne peut coordonner que deux groupes syntaxiques équivalents.

> ✗ La comédie permet le divertissement [GN] et d'instruire le public [GV].
>
> ✓ La comédie permet de divertir [GV] **et** d'instruire le public [GV].

- Soyez vigilant sur l'usage du gérondif ou du **participe présent** : le sujet du verbe conjugué doit être le même que le sujet implicite du participe présent.

> ✗ En pensant à sa fille, le poème s'écrivit facilement.
>
> ✓ En pensant à sa fille, Hugo écrivit facilement son poème.

L'ESSENTIEL

Faire des phrases courtes et bien construites

Bien ponctuer
- terminer chaque phrase par un point
- marquer des pauses grâce à des virgules

Bien construire les subordonnées
- choisir le bon pronom relatif
- savoir identifier une interrogative indirecte

Exprimer des relations logiques

58

☐ OK

Pour énoncer et défendre ses idées, pour convaincre son interlocuteur, il est nécessaire de connaître et de maîtriser les outils dont la langue dispose pour mettre en relation les idées et construire une pensée.

I L'expression de la cause et de la conséquence

1 Quelle différence entre *parce que* et *puisque* ?

Il ne faut pas confondre *parce que* et *puisque* :
- *parce que* explicite la cause ;
- *puisque* (*dès lors que, du moment que, comme…*) énonce un constat.

> ✓Le texte est injonctif parce que tous les verbes sont à l'impératif.

[On énonce un résultat, puis on le justifie.]

> ✓Puisque tous les verbes sont à l'impératif, on peut dire que le texte est injonctif.

[*Puisque* introduit la cause connue de l'interlocuteur (on est d'accord pour dire que les verbes sont à l'impératif), avant d'énoncer le résultat.]

Conseil
N'écrivez jamais *car en effet* ou *et car*. Choisissez l'un ou l'autre !

2 Quelles différences entre *en raison de, à cause de, dû à* ?

Dû à n'est pas une locution prépositive (comme *en raison de, à cause de…*) mais le participe passé du verbe *devoir* qui se construit avec la préposition *à* (*devoir quelque chose à quelqu'un*).

> ✗ Le texte est injonctif dû à la présence des impératifs.
> ✓Le texte est injonctif en raison de / à cause de la présence des impératifs.
> ✓Si le texte est injonctif, cela est dû à la présence des impératifs

3 Penser à la ponctuation

Les deux points peuvent avantageusement remplacer un connecteur de cause.

> ✓Rimbaud était un poète précoce. Il a en effet publié ses premiers poèmes à 17 ans.
> ✓Rimbaud était un poète précoce : il a publié ses premiers poèmes à 17 ans.

II L'expression de l'opposition et de la concession

1 Les connecteurs exprimant l'opposition

Les **connecteurs d'opposition** sont nombreux et ne posent pas de problème d'emploi : *mais, cependant, en revanche, alors que, tandis que, au lieu de, loin de...*

2 Les connecteurs exprimant la concession

- Attention à l'emploi de ***malgré*** et ***bien que.*** *Malgré* est une préposition, elle est donc toujours suivie d'un GN : *malgré que* est à bannir. Pour introduire une subordonnée, utilisez *bien que* + subjonctif.

> ✓Malgré son goût pour la médecine, Rabelais préféra la littérature.
> ✓Bien que André Breton soit mort, son influence se fait toujours sentir.

- On peut aussi employer ***quoique*** **et** ***quel(le) que soit*** (attention à l'accord !).

> ✓Quoique grand poète, Soupault est peu connu aujourd'hui.
> ✓ Quels que soient les arguments opposés, ils ne pourront nous convaincre.

À noter

Ne confondez pas la conjonction **quoique** (= *bien que*) et le relatif **quoi que** (= *quel que soit ce que*).

L'ESSENTIEL

Faire progresser une argumentation

- **Ajouter une idée :** de plus, en outre, par ailleurs, voire...
- **Mettre en parallèle deux idées :** soit... soit, d'une part... d'autre part...
- **Introduire un exemple :** ainsi, comme, par exemple, notamment...

Éviter les répétitions

59

☐ OK

Dans vos différents types d'écrits, il faut éviter les répétitions qui alourdissent vos phrases et appauvrissent votre pensée. Comment les éviter ?

I Traquer les répétitions et les redondances

- Veillez à ne pas surcharger votre texte d'informations inutiles :
  - informations que avez déjà données :

> Écrire un article sur le blog de la classe est une bonne idée. Cela permet d'approfondir sa propre réflexion. Cependant, ~~sur le blog de la classe~~, il faudra être attentif à l'orthographe.

  - informations évidentes :

> La marquise de Merteuil, l'une des protagonistes du roman épistolaire de Laclos, réside à Paris et écrit à Valmont qui ~~n'~~est ~~pas à Paris, mais~~ à la campagne auprès de Madame de Tourvel.

[Il va de soi que si Valmont est à la campagne, il n'est pas à Paris.]

- Traquez également les pléonasmes qu'on peut écrire sans s'en rendre compte, par exemple :

> Le dramaturge met en scène des muets ~~qui ne peuvent pas parler~~.

[muet = personne qui ne peut pas parler : la précision est donc inutile]

Mot clé

Un **pléonasme** est la répétition dans un même énoncé de mots ayant le même sens (*monter en haut, descendre en bas...*).

II Utiliser des pronoms de reprise

- Les pronoms sont des **équivalents de groupes syntaxiques** (groupe nominal, groupe verbal, groupe prépositionnel). Ils leur servent de substitut et sont **utiles pour éviter les répétitions**.
- Un pronom de reprise reprend théoriquement le nom le plus proche : attention à ne pas créer d'ambiguïté.

> ? L'acteur a rencontré le metteur en scène. Il lui a parlé de la pièce.

[Qui a parlé ?]

> ✓ L'acteur a rencontré le metteur en scène et lui a parlé de la pièce.
> ✓ L'acteur a rencontré le metteur en scène. Ce dernier lui a parlé de la pièce.

- Leur emploi est rarement possible après un nom collectif.

> Nous avons pu discuter avec la troupe à l'issue du spectacle.
> ✗ Ils étaient tous très intéressants.

[Grammaticalement, ils ne renvoie à rien.]

> ✓Tous les comédiens étaient très intéressants.

III Chercher des synonymes et enrichir le sens

- Toute langue dispose de plusieurs synonymes pour désigner une même réalité ou une même notion. Pensez à utiliser un lexique varié pour enrichir vos écrits.

> Victor Hugo a écrit de nombreux livres ; dans son dernier ~~livre~~ ouvrage, il évoque les ~~livres~~ œuvres qu'il a rédigées dans sa jeunesse.

Conseil

Au cours de l'année, et selon vos lectures, pensez à vous faire des listes de synonymes.

- Sachant que tout synonyme n'est jamais l'exact équivalent d'un mot, on peut chercher une reformulation qui **enrichisse le sens** en apportant un supplément d'information.

> Harpagon est connu pour son avarice. Cette manie le conduit à vouloir marier sa fille à un homme riche mais âgé.

Dans cette phrase, *manie* n'est pas un synonyme d'*avarice*. Le mot signifie *folie* et sert à caractériser le type d'avarice dont Harpagon est victime.

L'ESSENTIEL

Éviter les répétitions

Utiliser des pronoms
- vérifier que l'antécédent n'est pas ambigu
- ne pas oublier d'accorder le pronom avec le mot qu'il remplace

Utiliser un vocabulaire varié
- éviter les verbes passe-partout
- utiliser des synonymes

Écrire sans fautes

60

☐ OK

Écrire sans fautes peut sembler un objectif difficile à atteindre, mais il suffit souvent de se relire attentivement pour éviter un grand nombre d'erreurs.

I Les fautes courantes

1 L'orthographe grammaticale

- Les **fautes d'accord** sont faciles à éviter si l'on connaît les règles clés :
  - le verbe s'accorde avec son sujet ;
  - les adjectifs et les déterminants s'accordent avec le nom auquel ils se rapportent ;
  - le participe passé s'accorde avec le sujet lorsqu'il est employé avec l'auxiliaire *être* ; avec le COD lorsqu'il est employé avec l'auxiliaire *avoir* et que le COD est placé avant le verbe.
- Notez également que lorsque **deux verbes se suivent**, le second est à l'infinitif sauf si le premier verbe est un auxiliaire (*être* ou *avoir*).

Conseil

Pendant l'année, notez les fautes que vous faites régulièrement pour y prêter une attention particulière le jour J.

2 L'orthographe lexicale

- On fait moins de fautes quand on comprend la raison d'être de l'orthographe.
  - Les **accents circonflexes** remplacent un *s* présent dans la langue ancienne :

    hospital → hôpital ; *chastel* → château
  - **L'adverbe** se construit sur le féminin de l'adjectif :

    essentiel [masc.] → essentielle [fém.] → essentiellement [adv.]
  - La **consonne finale du participe passé** est utile pour construire la forme féminine. Cherchez la forme féminine du participe passé et vous saurez si le participe passé se termine par une consonne muette : *mise* → *mis*.
- N'oubliez pas les **accents** : une erreur ou un oubli d'accent est une faute.
- Attention également aux **homophones** : *a* [verbe *avoir*] ≠ *à* [préposition], *ou* [conjonction] ≠ *où* [pronom], *et* [conjonction] ≠ *est* [verbe *être*], *ces* [démonstratif] ≠

ses [possessifs], *sensé* [qui a du bon sens] ≠ *censé* + verbe [qui est supposé faire quelque chose].

II Des casse-têtes

1 Faut-il le pluriel ou le singulier ?

- Après une préposition exprimant l'absence :

> un héros **sans cœur** [il ne peut avoir qu'un seul cœur]
> un héros **sans principes** [en général, on a plus d'un principe]
> un héros **sans aucun principe** [après *aucun, aucune*, il ne peut y avoir le pluriel]

- Après un nom collectif :

> un recueil **de poèmes** [il y a plusieurs poèmes]
> un recueil **de poésie** [le recueil contient de la poésie]
> Le groupe des poètes **a signé** un manifeste. [ils l'ont signé au nom du groupe]
> Une série de ruptures **ont marqué** la fin du mouvement. [chaque rupture a contribué à la fin du mouvement]

2 Comment former le pluriel des noms composés ?

Le principe est de marquer le pluriel sur les mots qui l'acceptent (noms, adjectifs) et de ne pas le marquer sur les autres (adverbes, prépositions, verbes).

> • des coffres-fort**s**, des sourd**s**-muet**s**
> • des chef**s**-d'œuvre [pièces maîtresses d'une œuvre]
> • des tragi-comédie**s**, des arrière-pensée**s**, des poètes avant-gardiste**s**

L'ESSENTIEL

Se relire

1. Vérifier que les phrases sont **complètes** (au moins un verbe conjugué, pas de mot oublié).
2. Vérifier les **accords** :
   - sujet/verbe
   - adjectifs/noms
   - déterminants/noms
3. Vérifier l'orthographe des **homophones grammaticaux.**

Quiz EXPRESS

61

Avez-vous bien révisé les fiches 57 à 60 ? On vérifie !

Améliorer ses écrits

1 Faire des phrases courtes et bien construites

▶ FICHE 57

Cochez la phrase incorrecte.

☐ **a.** On étudiera si le récit est autobiographique.

☐ **b.** Il aime le théâtre et la course à pied.

2 Exprimer des relations logiques

▶ FICHE 58

Reliez chaque connecteur à la relation logique qu'il exprime.

a. en revanche •	• cause
b. comme •	• opposition
c. parce que •	• comparaison
d. également •	• hypothèse
e. soit… soit •	• concession
f. bien que •	• addition

3 Éviter les répétitions

▶ FICHE 59

Comment éviter la répétition du nom « avarice » ?

Harpagon est connu pour son avarice. Son avarice le conduit à vouloir marier sa fille à un homme riche mais âgé.

☐ **a.** en remplaçant « avarice » par *celle-là*

☐ **b.** en remplaçant « avarice » par *qui* et en ne faisant qu'une seule phrase

☐ **c.** en remplaçant « son avarice » par *ce défaut*

4 Écrire sans fautes

▶ FICHE 60

Quelle est la forme juste ?

a. Il est ☐ sensé ☐ censé venir tous les matins.

b. La ☐ cour ☐ cours de Louis XIV.

c. Il ☐ est ☐ et arrivé ce matin.

CORRIGÉS

1 Faire des phrases courtes et bien construites

La phrase **b** est correcte syntaxiquement puisque les séquences coordonnées par *et* sont toutes deux nominales.
En revanche, la phrase **a** est incorrecte : *étudier* doit être remplacé par *demander* qui peut introduire une interrogation indirecte.

2 Exprimer des relations logiques

a. en revanche – opposition
b. comme – comparaison
c. parce que – cause
d. également – addition
e. soit... soit – hypothèse
f. bien que – concession

Conseil
À la maison ou en situation d'examen, gardez toujours une dizaine de minutes pour vous relire et vous corriger.

3 Éviter les répétitions

Réponse c.
Et par rapport à la syntaxe et par rapport au sens, la meilleure solution est de remplacer « son avarice » par *ce défaut*.

4 Écrire sans fautes

a. *Censé* est suivi d'un infinitif et signifie « il est supposé » + verbe. Alors que *sensé* est construit sur le nom *sens* : « être sensé », signifie avoir du bon sens (antonyme : *insensé*, *fou*).

b. Ne pas confondre la *cour* de Louis XIV / de l'école et le *cours* de la rivière / de français.

c. Il s'agit bien sûr du verbe *être* conjugué : *est*. Ce genre de faute est souvent dû à une confusion entre le son / e / et / ɛ / à l'oral.

FLASHCARDS

Mémorisez les idées clés des fiches 57 à 60

62

Améliorer ses écrits

1

Quel est l'usage du point-virgule ?

FICHE 57

2

Quel signe de ponctuation peut remplacer un connecteur de cause ?

FICHE 58

3

Quelle relation logique exprime le connecteur « néanmoins » ?

FICHE 58

4

Donnez deux synonymes du mot « livre ».

FICHE 59

5

Qu'est-ce qu'un pléonasme ?

FICHE 59

6

Comment se construit un adverbe ? Donnez un exemple.

FICHE 60

7

Lorsque deux verbes se suivent, dans quel cas le second n'est pas à l'infinitif ?

FICHE 60

8

Quelle est la règle pour le pluriel des mots composés ? (ex. : chef-d'œuvre).

FICHE 60

RÉPONSES

Efforcez-vous de répondre aux questions par vous-même avant de consulter les réponses, puis révisez régulièrement pour bien mémoriser.

1

Le **point-virgule** a la même valeur qu'un point, mais établit une continuité entre les deux idées. Il ne remplace pas la virgule.

2

Les deux points peuvent **remplacer un connecteur de cause**.

3

Néanmoins exprime une relation d'opposition.

4

Synonymes de livre :
1. ouvrage
2. bouquin

5

Pléonasme : la répétition dans un même énoncé de mots ayant le même sens.

6

L'adverbe se construit sur le féminin de l'adjectif : lent [masc.] à lent**e** [fém.] à len**te**ment [adv.]

7

Lorsque **deux verbes se suivent**, le second est à l'**infinitif** sauf si le premier verbe est un auxiliaire (*être* ou *avoir*).

8

On ne met un *s* qu'aux mots qui prennent cette marque du **pluriel** quand ils ne figurent pas dans le **mot composé**.

Se présenter devant un public

63

OK

Avec de l'entraînement, vous pouvez apprendre à bien gérer votre corps et votre attitude de manière à ne pas trahir votre stress.

I Gérer son stress

1 Comprendre le mécanisme à l'origine du stress

- Le stress est une **réaction normale** qui manifeste l'importance que revêt l'examen à vos yeux. Lors d'une épreuve orale, ce sentiment est renforcé par la peur d'être jugé(e).
- Votre cerveau interprète la situation comme un danger : il libère de l'adrénaline pour **mettre le corps en alerte**. Le rythme cardiaque et la respiration s'accélèrent, les muscles se contractent… Nos ancêtres étaient alors prêts à fuir ou à combattre !
- Votre objectif est de faire comprendre à votre cerveau que **vous n'êtes pas réellement en danger**. Pour cela, concentrez-vous sur votre **respiration** : respirer profondément revient à envoyer au cerveau un message de fin d'alerte. La libération d'adrénaline prend fin et les manifestations extérieures du stress disparaissent progressivement.
- Il ne faut pas, pour autant, chercher à supprimer totalement le stress : il permet de maintenir une pression qui vous aide à vous **surpasser**.

2 Se préparer efficacement

- Un oral se prépare comme une performance physique, à force d'entraînement. N'hésitez pas à **répéter votre prestation** devant une caméra ou un miroir en travaillant les postures, les gestes et la voix.
- **Prenez la parole** aussi souvent que possible en public : cela vous permettra de prendre confiance en vous et d'apprendre progressivement à maîtriser votre stress.
- Avant l'oral, isolez-vous et **visualisez le déroulement de l'épreuve** comme un film avec de nombreux détails. Ne vous laissez pas envahir par les pensées négatives.

Conseil

Pour éviter tout stress, arrivez en avance, prenez le temps de vous installer et n'oubliez pas de prendre une montre pour gérer votre temps.

- **Ne révisez pas à la dernière minute** et ne doutez pas de votre prestation dans les derniers instants. **Détendez-vous,** sortez vous aérer, faites du sport, écoutez de la musique…

II Adopter la bonne attitude

1 Si vous devez rester debout

- **Centrez-vous** par rapport à votre public et posez vos notes à proximité. **Ancrez bien vos pieds au sol**, de manière à avoir une assise stable.
- Placez dès le départ **vos mains à hauteur de votre ventre**, sans les laisser pendre le long du corps. Vous pouvez les croiser devant vous et les dénouer lorsqu'il sera nécessaire d'appuyer le propos.
- **Évitez de vous balancer** de droite à gauche ou d'avant en arrière, de croiser et décroiser les jambes, etc.

2 Si vous devez vous asseoir

- Attendez un signe de votre interlocuteur avant de vous asseoir. Prenez le temps de **positionner votre siège droit**, en face de la ou des personne(s) à qui vous vous adressez.
- **Posez vos notes et vos mains visibles sur la table** afin d'avoir les mains libres pour appuyer votre discours par des gestes.
- **Tenez-vous droit·e**, légèrement penché·e en avant, plutôt qu'en arrière, afin de faciliter les échanges. Au cours des différentes phases de votre intervention, **surveillez vos changements de position**, notamment ceux qui trahissent un relâchement de l'attention (placement des mains sous la table, appui sur le dossier…).

Conseil

Avoir un stylo dans les mains peut vous donner une contenance, à condition bien sûr de ne pas jouer avec le bouchon ni de le faire tourner.

L'ESSENTIEL

Se présenter devant un public

Gérer son stress
- prendre le temps de s'installer confortablement
- respirer profondément

Adopter la bonne attitude
- adopter une posture dynamique
- regarder régulièrement l'examinateur
- se montrer réactif et de bonne volonté lorsqu'on vous interroge

Capter l'attention de l'auditoire

64

☐ OK

Une fois installé·e, il ne suffit pas de maîtriser son stress et son sujet, il faut aussi être efficace et convaincre le jury. Le visage et ses expressions, ainsi que la gestuelle, sont alors essentiels pour renforcer le propos.

I Établir le contact

- Le premier contact est essentiel. Dès l'entrée dans la salle, donnez l'impression d'être ouvert à l'échange, avenant, sans être trop familier.
- Le sourire est l'atout indispensable pour détendre l'atmosphère et gagner la sympathie du jury. Il ne s'agit pas de rire faussement ou de sourire en permanence mais d'afficher une attitude aimable.
- La politesse est de mise, même si parfois le stress fait oublier les fondamentaux de la courtoisie : saluer vos interlocuteurs, remercier, attendre d'être invité à s'asseoir ou à partir avant de le faire.
- Montrez-vous à l'écoute des attentes du jury sans foncer tête baissée dans vos explications. Laissez à vos examinateurs le temps de s'installer et prenez le temps de disposer les documents dont vous aurez besoin.

II Communiquer efficacement

1 Regarder l'examinateur

- Se trouver face à face avec un ou des examinateur·s peut être impressionnant. Ne vous laissez pas déstabiliser par les regards portés sur vous : tentez d'en faire abstraction en imaginant que ce sont des professeurs que vous connaissez.
- Ne rédigez pas vos fiches pour ne pas être tenté·e de les lire et détachez-vous au maximum de vos notes, au moins dans les moments cruciaux de votre intervention.
- Regardez chacun de vos interlocuteurs. Ne les fixez pas, mais accordez leur des regards réguliers, afin de capter leur attention.
- Évitez de regarder ailleurs, ce qui donnera l'impression d'être fuyant. Inutile donc de fixer vos pieds, le plafond, ou encore le mur au fond de la salle.

Conseil

Entraînez-vous avec des amis à faire une présentation. Invitez-les à se placer dans des endroits différents d'une salle et demandez-leur de lever la main dès qu'ils se sentent regardés pendant votre prise de parole. Vous vous apercevrez rapidement que vous avez tendance à regarder toujours les mêmes personnes.

2 Soigner la gestuelle

- **Évitez de rester trop statique** pendant votre intervention mais ne surchargez pas non plus votre intervention par des gestes répétitifs ou sans lien avec le propos.
- Vos gestes doivent intervenir à des moments essentiels de votre prise de parole afin d'**appuyer ce que vous dites**. Ils doivent donc coïncider avec ce que vous cherchez à exprimer : enthousiasme, opposition, implication personnelle...

3 Éviter la monotonie

- **Variez les intonations** pour donner de la vivacité à ce que vous dites et ne pas ennuyer votre jury.
- **Insistez** sur les aspects essentiels en appuyant sur certains segments de phrases ; marquez les interrogations ou les exclamations par une **intonation expressive**.
- **Ayez l'air convaincu·e** de ce que vous affirmez en adoptant une voix claire et en apparaissant sûr·e de vous.

L'ESSENTIEL

Capter l'attention de l'auditoire

Établir le contact
- être ouvert à l'échange
- être souriant et poli
- se montrer à l'écoute

Communiquer efficacement
- regarder l'examinateur
- appuyer son propos par des gestes signifiants
- varier les intonations

Se faire comprendre

65

☐ OK

Si une grande partie de la communication repose sur l'attitude non verbale, il ne faut évidemment pas négliger l'aspect verbal de l'échange.

I Soigner son élocution

- **Parlez distinctement** en articulant pour être bien compris. Faites particulièrement attention à ne pas « avaler » les fins de phrases et les fins de mots.
- **Adaptez le volume de votre voix** en fonction de la proximité avec votre auditoire. Ni trop fort, ni pas assez, vous devez trouver le juste équilibre. N'hésitez pas à demander si vous parlez suffisamment fort.
- Parler face à un public ne s'improvise pas et, pour éviter de bafouiller, il est nécessaire d'exercer sa voix et de **s'entraîner**.

II S'exprimer correctement

1 Choisir ses mots

- Vous êtes jugé sur la **qualité de votre expression**, d'où l'importance de bien choisir vos mots. Il est parfois difficile de trouver la bonne formulation : prenez le temps de chercher les **termes** les plus **appropriés**.
- **Évitez les contractions** (« j'sais pas », « j'pense ») et prononcez correctement les négations incluant un « ne » audible. Si un terme familier vous échappe, reformulez dans un registre plus soutenu.

2 Bannir les tics de langage

Variables d'une époque à une autre, ces petits marqueurs de la communication sont à proscrire le jour de votre oral.

- Commencez par **repérer ceux que vous employez le plus souvent** et **entraînez-vous à vous en débarrasser** dans vos conversations courantes ou lors de vos prises de parole en classe. Il peut s'agir :
  - d'expressions en vogue (« genre », « carrément », « trop », « j'avoue »...) ;
  - de mots de liaison (« donc », « alors », « et voilà », « en fait »...) ;
  - d'onomatopées (« euh », « ben », « bah... »).
- Bannissez également la mise systématique entre guillemets (geste à l'appui) qui vous sert à justifier que vous n'avez pas trouvé le mot juste pour vous exprimer.

3 Répondre adroitement

- Prenez le temps de vous assurer que vous avez bien compris la question posée et vérifiez que vous n'avez pas juste saisi un mot à partir duquel vous allez construire votre raisonnement.
- Vous pouvez, ponctuellement, **reformuler la question posée** pour vous assurer de votre compréhension : « vous me demandez si », « vous voulez savoir comment ».
- **Évitez les modalisateurs qui expriment le doute** : « je crois que », « peut-être », « éventuellement ». Ne commencez pas votre réponse par un segment de phrase qui vous fait perdre toute crédibilité : « Je ne sais pas, mais… », « Je ne suis pas sûr, mais… ».

III Adopter le bon rythme

- Ne parlez **ni trop lentement**, pour avoir le temps de tout dire, **ni trop vite**, pour laisser au jury la possibilité d'intégrer ce que vous dites et de prendre des notes.
- **Trouvez le juste équilibre** en accélérant ou en ralentissant le débit :
  - accélérez au moment des exemples, des énumérations, des citations ;
  - ralentissez lorsque vous présentez le plan, lorsque vous abordez un aspect essentiel, lorsque vous voulez particulièrement retenir l'attention.
- N'hésitez pas à **reformuler** plusieurs fois un aspect important de votre intervention et à faire des pauses entre deux idées ou avant d'enchaîner sur un point important. On a souvent peur des silences à l'oral et pourtant, ils sont nécessaires.

L'ESSENTIEL

Soigner son élocution →
- trouver le bon volume
- parler distinctement en articulant
- surveiller son débit de parole
- faire des pauses pour marquer les moment clés

Soigner son expression →
- utiliser un niveau de langue courant ou soutenu
- chasser les tics de langage
- éviter les contactions (« j'pense »)
- éviter les expressions négatives (« je ne sais pas, mais... »)

Rédiger un commentaire de texte

66

☐ OK

Le commentaire littéraire consiste à proposer une interprétation d'un texte de manière argumentée. Le texte proposé au bac relève de l'un des objets d'étude abordés pendant l'année, mais n'appartient pas à une œuvre au programme.

I Lire et comprendre le texte

- Lisez une première fois le **texte**, sans oublier le **paratexte** et les **notes** : cela vous permet d'établir la « carte d'identité » du texte.

- Notez vos **impressions de lecture** : qu'avez-vous compris ? Quel effet le texte produit-il sur vous ?
- Relisez plusieurs fois le texte en l'annotant : identifiez sa **structure** et repérez les **procédés littéraires** qui vous semblent signifiants. Notez toutes vos remarques en vrac au brouillon.

II Organiser ses idées

- Essayez de résumer la spécificité du texte en une phrase afin de trouver votre **problématique** : quel est l'enjeu principal du texte ? Qu'est-ce qui le rend intéressant, selon vous ?
- Identifiez ensuite **deux ou trois pistes de réponse** (ou axes de lecture) qui structureront votre analyse. Attention, un procédé littéraire ne constitue pas un axe de lecture !

✓ I. Une description réaliste

[Ce titre de partie constitue bien une piste d'interprétation du texte : vous allez montrer qu'il s'agit d'une description réaliste.]

✗ I. Le champ lexical de la nature

À noter

Dans les séries technologiques, le sujet comporte un **parcours de lecture**, qui vous donne les deux grandes parties de votre commentaire.

[Il s'agit ici d'un simple procédé littéraire, qui n'a d'intérêt qu'au sein d'une analyse.]

- Classez les éléments relevés de manière à constituer des parties et des sous-parties équilibrées. Votre plan doit aller **du plus simple au plus complexe**.
- Chaque sous-partie doit comporter :

une **idée clé** → (justifiée par) → des **procédés littéraires** → (illustrés par) → des **citations du texte**

III Rédiger le commentaire

- Rédigez d'abord votre **introduction** au brouillon. Elle doit comporter :
  - une phrase d'amorce ;
  - une courte présentation du texte (utilisez la carte d'identité élaborée) ;
  - votre problématique, de préférence sous forme de question ;
  - l'annonce de votre plan.
- Rédigez ensuite votre **développement** en suivant le plan établi au brouillon. Retenez que :

un paragraphe = une sous-partie

Ménagez des transitions entre vos grandes parties.

- Rédigez enfin une **conclusion** qui synthétise votre démonstration et répond à la problématique. Vous pouvez terminer en ouvrant sur d'autres textes partageant les mêmes enjeux, mais évitez les ouvertures artificielles.

Conseil

Gardez au moins 10 min. pour vous relire : la qualité de la langue fait partie des critères d'évaluation !

L'ESSENTIEL

Bien gérer son temps le jour J

❶ Je choisis mon sujet	15 minutes
❷ Je travaille au brouillon (lecture et analyse du texte, élaboration de la problématique et du plan détaillé)	2 heures
❸ Je rédige mon devoir au propre	1 heure 30
❹ Je me relis attentivement	15 minutes

Rédiger une dissertation sur une œuvre

67

☐ OK

Le jour du bac, vous avez le choix entre trois sujets de dissertation sur un même objet d'étude, selon l'œuvre et le parcours que vous avez étudiés en classe. Vous devez montrer que vous en avez compris les principaux enjeux.

I Analyser le sujet et trouver des idées

- Le sujet se présente le plus souvent soit sous la forme d'une **question**, soit sous la forme d'une **citation** suivie d'une question. Une phrase de consigne délimite ensuite le champ de votre réflexion (l'œuvre seule ou l'ensemble des textes pouvant s'inscrire dans le parcours concerné).
- Lisez attentivement le sujet et identifiez les **mots clés**. Reformulez la citation et/ou la question de différentes manières pour vous **l'approprier** et en dégager les éventuels présupposés.
- Notez en vrac **toutes les idées et les questions** qui vous viennent à l'esprit : à ce stade, il n'y a pas de mauvaise idée.

> **Mot clé**
>
> Un **présupposé** est un énoncé dont la validité est admise (souvent implicitement) dans le sujet : « Dans quelle mesure cette œuvre est-elle réaliste ? » présuppose que l'œuvre est réaliste par certains aspects.

- Listez au brouillon les œuvres et les textes que vous avez lus dans le cadre du parcours concerné : ils pourront vous fournir de précieux exemples. Quel éclairage apportent-ils sur le sujet ?

II Construire le plan

- La formulation du sujet peut vous indiquer le type de plan à privilégier.
  - Si le sujet vous invite à **discuter** une affirmation, choisissez un **plan dialectique** : vous devez d'abord expliciter l'affirmation (I), puis la nuancer (II) avant de la reformuler pour dépasser la contradiction (III).
  - Si le sujet vous demande de **prouver** la validité d'une thèse, privilégiez le **plan thématique** : présentez successivement différents arguments en faveur de la thèse proposée.

- Reprenez vos notes et organisez vos idées : vous devez avoir, pour chaque partie, au moins deux arguments, illustrés par un ou plusieurs exemples chacun. Chaque argument correspond à une sous-partie.
- Vous devez mettre vos connaissances au service de votre argumentation : il ne s'agit pas de « recaser » des citations ou des éléments d'analyse appris par cœur, mais de sélectionner les exemples les plus pertinents et de montrer comment ils illustrent votre idée.

III Rédiger la dissertation

- Rédigez d'abord votre introduction au brouillon. Elle doit comporter :
  - une phrase d'amorce ;
  - la citation qui sert de support au sujet (le cas échéant) ;
  - une reformulation de la problématique ;
  - l'annonce de votre plan.
- Rédigez ensuite votre développement en suivant le plan établi au brouillon (une sous-partie = un paragraphe).
- Rédigez enfin une conclusion qui synthétise votre point de vue et répond à la problématique posée par le sujet. Vous pouvez terminer en élargissant le débat (autre époque, autres arts...).
- Relisez attentivement l'ensemble de votre devoir : que vous soyez à l'aise ou non en orthographe, on fait souvent des fautes lorsque l'on est pris dans le fil d'une réflexion. L'important est de réussir à les corriger !

Conseil

Ménagez des transitions entre vos grandes parties et utilisez des connecteurs logiques pour aider le correcteur à comprendre la logique de votre argumentation.

L'ESSENTIEL

Choisir le plan de ma dissertation

Je dois **discuter** une affirmation →	Plan **dialectique** (I. thèse ; II. antithèse ; III. synthèse)
Je dois **prouver** la validité d'une thèse →	Plan **thématique** (I. argument 1 ; II. argument 2 ; etc.)